BIBLIOTECA TEIDE

Assessors:

Joan Fortuny

Salvador Martí

JULES VERNE

La volta al món en vuitanta dies

Adaptació i notes:
ANTONI GARCIA LLORCA
Introducció i guia de lectura:
JOSÉ ANTONIO PÉREZ BOUZA
Il·lustracions:
GEMMA POCH

BIBLIOTECA TEIDE

TEIDE

Títol original: *Le Tour du monde en 80 jours*
Adaptació d'Antoni Garcia Llorca

Primera edició, gener del 2011

ISBN: 978-84-307-6270-5

Preimpressió: Admagraf
Impressió: Ediprint, SL - Llobregat, 36 - 08291 Ripollet
Dipòsit legal: B-784-2011

ÍNDEX

INTRODUCCIÓ

IMPORTÀNCIA DE JULES VERNE 11

VIDA 13

Infància i adolescència en un entorn portuari 13

Joventut universitària a París 14

Clarobscurs d'una vida familiar difícil: Crotoy i Amiens 15

Dedicació a la vida pública a Amiens 16

OBRA 18

ÈPOCA 22

LA VOLTA AL MÓN EN VUITANTA DIES 24

Argument 24

Temes 27

Estructura 30

Personatges 32

Estil 38

Repercussió social de l'obra 42

La volta al món en vuitanta dies i el cinema 44

LA VOLTA AL MÓN EN VUITANTA DIES

I. Sembla que Phileas Fogg i Passepartout es convenen l'un a l'altre 47

II. Phileas Fogg s'engresca en una conversa que podria costar-li cara 53

III. Primer, Passepartout i, després, la Gran Bretanya pateixen una commoció 58
IV. A Suez coneixem un detectiu d'allò més impacient 66
V. Passepartout xerra una mica massa, però el viatge segueix el seu curs 70
VI. Passepartout perd les sabates, però surt airós d'un mal pas 77
VII. Phileas Fogg compra una muntura a un preu exorbitant 83
VIII. Al cor de la selva, els viatgers ensopeguen amb una deessa espantosa 89
IX. Passepartout demostra que la fortuna somriu als audaços 95
X. Phileas Fogg baixa la vall admirable del Ganges sense demostrar gota de curiositat 102
XI. La bossa dels diners s'alleugera d'uns quants milers de lliures més 108
XII. Fix fa veure que no sap res del que li conta Passepartout 115
XIII. Camí de Hong Kong, Passepartout i Fix desconfien l'un de l'altre 120
XIV. Passepartout i Fix tenen un estira-i-arronsa que potser portarà conseqüències 127
XV. Phileas Fogg i el detectiu Fix per fi es coneixen personalment i emprenen plegats una aventura marítima 134
XVI. Passepartout s'adona que, fins i tot als antípodes, és prudent de dur alguns diners a la butxaca 141
XVII. La travessia del Pacífic 149
XVIII. Coneixem San Francisco un dia de míting 154
XIX. Cap al cor dels Estats Units 161
XX. Els nostres viatgers no tenen altre remei que estrenar els revòlvers 169
XXI. Phileas Fogg compleix el seu deure, ni més ni menys 177

XXII. Els nostres viatgers naveguen a vela per una mar blanca 184
XXIII. Phileas Fogg emprèn una lluita directa contra la mala sort 191
XXIV. Malgrat tot, aquest home no perd la calma! 201
XXV. Passepartout no es fa repetir dues vegades la mateixa ordre 205
XXVI. La Gran Bretanya torna a patir una commoció 211
XXVII. I què en treu Phileas Fogg, de fer la volta al món, si no és la felicitat? 216

Apèndix 219

Guia de lectura 225
Propostes de treball 239

Introducció

IMPORTÀNCIA DE JULES VERNE

Verne no és un autor fàcil d'encasellar en els gèneres literaris de creació habituals. És veritat que durant la seva vida triomfaven dos moviments ben delimitats, el romanticisme i el realisme. La seva producció literària, però, no la podem assignar a cap d'aquests dos moviments del segle XIX, tret —és clar— del que s'anomena «esperit de l'època». Com negar que el fons dels *Viatges extraordinaris* del nostre autor està incardinat en la idea d'aventura del moment? Com negar la versemblança de les seves narracions, amb paràmetres geogràfics i culturals realment identificables? Això no obstant, els estudis sobre l'obra de creació de Verne s'han decantat per considerar-lo un escriptor que va fer poc més que donar a conèixer els avenços científics i tècnics que s'anaven produint al llarg del segle. D'aquesta manera s'evita situar-lo en algun dels dos moviments a què pertanyen contemporanis seus com Victor Hugo, Chateaubriand, Balzac, Lamartine, De Vigny, Musset...

Jules Verne al jardí de la seva casa d'Amiens cap al 1895.

Pensem que potser caldria atribuir part de la culpa d'aquesta consideració al fet que l'autor acatés les idees del seu editor Hetzel. Aquest deia en el primer volum de l'edició il·lustrada dels *Viatges extraordinaris*:

> Les obres aparegudes i les que han d'aparèixer tenen el propòsit de resumir tots els coneixements geogràfics, geològics, físics, astronòmics, acumulats per la ciència moderna, i de refer, sota la forma atraient i pintoresca que li és pròpia, la història de l'univers.

Encara més, el destí prioritari d'aquestes obres de Verne era la formació de la joventut i els seus *Viatges extraordinaris* solen assignar-se a epígrafs com ara «novel·la científica» o «novel·la d'anticipació científica». Sens dubte, el novel·lista utilitza els avenços científics com a fons conceptual de les seves obres de creació, però si s'analitza a fons la seva obra, ens veiem empesos a trobar-nos amb paràmetres diferents dels de simples obres per a la joventut, que desvirtuen aquella idea d'obres asèptiques respecte a un tipus de problemes d'abast més ampli que el mer ús del positivisme i el maquinisme del seu temps: consideracions pel que fa a un món global i l'internacionalisme, al paper bivalent de la colonització, a la visió descoratjadora que de vegades es troba darrere el maquinisme (sobretot en els *Viatges extraordinaris* posteriors a 1879); a l'antropologia, a la idiosincràsia dels pobles, etcètera.

VIDA

Infància i adolescència en un entorn portuari

Jules Gabriel Verne va néixer a la ciutat atlàntica francesa de Nantes, el 8 de febrer de 1828. Podria semblar un detall menor de la vida de l'autor, però sí que tindrà importància en la configuració espiritual d'un Verne que gairebé podríem titllar d'«addicte» al mar i a tot el que aquest suposa de repte desconegut per conquerir: va néixer en una ciutat costanera que posseeix, encara avui, un dels ports més importants del litoral francès.

El seu pare, Pierre Verne, nascut a la ciutat de Provins (regió de l'Illa de França), havia estudiat lleis a París i havia adquirit, com a procurador, un bufet d'advocats a la ciutat portuària. Aquest camí de les lleis serà el que el pare voldrà per al nostre autor, però no el camí desitjat per Jules Verne. Pierre Verne era un home metòdic, de moral rígida recolzada en una forta pietat religiosa, pur representant del patró burgès conservador, amb una preocupació malaltissa per l'exactitud, la puntualitat i l'ordre en tots els aspectes de la vida. Va intentar educar els fills en una obediència cega a les seves conviccions i en el seguiment absolut de les seves decisions. Aquesta figura paterna serà també —igual com la ciutat de naixement— un fort influx en la vida del nostre autor, encara que només sigui per fer que, amb rebel·lia, es desviï del camí que pretenia el seu progenitor.

Joventut universitària a París

Verne, seguint sense cap convicció les directrius del seu pare, va anar a la gran ciutat el novembre de 1848, per estudiar-hi dret.

Treballa moltíssim i participa als cercles literaris, mentre malviu. Es guanya la confiança del mestre del fulletó de l'època, Alexandre Dumas, qui li permet estrenar alguna obra al Teatre Líric que ell mateix dirigeix en aquella època, i li ofereix també un lloc com a secretari. Però tot el que guanya és poc per a tot just sobreviure; a més, el triomf en el teatre és mínim i molt precari. Tanmateix, com que és treballador fins a l'extenuació —cosa que li provocaria grans problemes de salut—, es dirigeix a les fonts de coneixement de totes les branques del saber: participa i conversa en les tertúlies de societats com el Cercle de Premsa Científica, i visita la Biblioteca Nacional —on, entre altres lectures, gaudeix amb Saint-Simon, Fourier o Edgar Allan Poe— o el Jardí de Plantes —que havia estat creat, gràcies a diverses donacions, el 1635—, font inesgotable de coneixements botànics i zoològics que després veurem en els seus llibres de viatges.

Si bé acaba la carrera de dret, en els seus plans no entra succeir el pare al bufet que tenia a Nantes; quant als seus objectius, el terreny de les lleis representa molt poc: alguna vegada havia escrit al seu pare dient-li que potser no arribaria a ser un bon escriptor, però el que sí que tenia molt clar era que seria un advocat pèssim.

Clarobscurs d'una vida familiar difícil: Crotoy i Amiens

El 10 de gener de 1857 es casa amb Honorine-Anne Hébé Morel, una atractiva vídua de vint-i-sis anys amb dues filles molt petites. Després dels

Jules Verne (esquerra) i Pierre-Jules Hetzel (dreta) van tenir una estreta relació autor-editor, que va durar fins a la mort d'aquest últim.

primers grans viatges per Escòcia (1859) i Escandinàvia (1861), alhora que continua escrivint per al teatre, el 3 d'octubre de 1861 neix el seu únic fill, Michel Verne, que causaria greus disgustos a l'escriptor després de l'adolescència.

Atesa l'escassa rendibilitat dels seus esforços en el teatre, a partir d'ara Verne es dedicarà gairebé exclusivament a la narrativa. En aquesta nova etapa de la seva vida serà decisiva l'aparició el 1862 de l'editor i escriptor republicà Pierre-Jules Hetzel (1814-1886). És a ell a qui presenta el manuscrit de *Cinc setmanes en globus*, que d'aquesta manera esdevé —després d'alguns retocs proposats per l'editor— la primera novel·la de Verne (1863) i la primera d'una sèrie de seixanta quatre més que constitueixen l'obra que, en homenatge a Poe (a aquest novel·lista Verne dedica, el 1864, el llibre *Edgar Poe i les seves obres*), es titularà *Viatges extraordinaris*. Per bé o per mal, l'obra de Verne continuarà lligada tota la vida a aquest editor. Hetzel i Verne signen un contracte per vint anys pel qual el primer es compromet a publicar tres volums anuals per una substanciosa suma de diners —al principi, 1.925 francs per cada novel·la—, que alliberarà el nostre autor de qualsevol penúria econòmica, a canvi d'ajustar-se a un gènere i unes idees que li «imposa» l'editor.

El 1872 Verne s'instal·la a la ciutat de la seva esposa, Amiens (la capital de la Picardia), ja com un escriptor consagrat amb fama, diners, la satisfacció de la feina plenament reeixida... Aquí acaba d'escriure *La volta al món en vuitanta dies.*

De la ciutat picarda només en sortirà rarament, tret de viatges esporàdics a París, alguna vegada a Nantes i més sovint a Crotoy.

El 1886, un nebot de Jules Verne, Gaston, va a demanar-li diners —sembla que al carrer—, li dispara dos trets de revòlver i el fereix a les cames, cosa que el deixa convertit en un impedit. Definitivament, gairebé ja no sortirà d'Amiens. S'inicia un període fatídic que es veurà agreujat amb la mort de Hetzel, a qui Verne venerava com un pare, i pocs mesos després la de la mare de l'escriptor.

Dedicació a la vida pública a Amiens

El 1888 és elegit regidor municipal de la ciutat per una llista republicana (d'esquerra moderada) i durant quinze anys exerceix d'encarregat d'espectacles públics: reconstrueix el Teatre Municipal, construeix un nou circ cobert, s'implica en revetlles i fires populars...

Una prova de la seva participació en la vida cultural de la ciutat és també el fet que, el 1903, presideix el grup d'esperantistes d'Amiens; fins i tot

Victòria I, reina de la Gran Bretanya i d'Irlanda i emperadriu de l'Índia. Fotografiada amb el seu secretari hindú al castell de Balmoral.

promet escriure una novel·la en la jove llengua internacional, cosa que no arribaria a materialitzar-se.

El 24 de març de 1905 mor, malalt de diabetis, molt curt de vista i gairebé sord, a la seva ciutat d'adopció, on reposa al cementiri de la Madelaine.

Obra

El nostre autor, per suportar la vida sedentària a París i poder sobreviure, havia fet de tot: donar classes, escriure vodevils (*Les palles trencades*, estrenat amb un èxit relatiu), peces teatrals (*La gallina cega*, estrenada el 1853; *L'hostal de les Ardenes*...), llibrets per a sarsueles (*Monsieur Le Chimpanzé*, representada el 1861) i operetes, a banda d'altres feines més mecàniques. Però, sobretot, el que ens interessa de la seva extensíssima producció són els anomenats *Viatges extraordinaris*, que són els que han creat el mite de l'escriptor de la ciència i de llibres de viatges. Ens n'ocuparem d'alguns en aquest apartat. Cal dir que molts d'aquests llibres es van publicar periòdicament per capítols al setmanari *Musée des Familles* —on Verne ja havia publicat relats curts i contes—, cosa que era molt habitual en aquella època i que ens mostrarà la pervivència d'algunes tècniques fulletonesques en moltes d'aquestes obres.

Jules Verne comença publicant *Cinc setmanes en globus* (1863), obra amb la qual va obtenir sobtadament la celebritat. S'hi relata el viatge del doctor Fergusson, el seu amic Kennedy, un caçador experimentat, i el fidel criat del doctor, Joe, d'una gran potència física, amb l'aeròstat *Victòria*, amb l'objectiu, entre d'altres, de trobar les fonts del Nil, en un projecte finançat per la Reial Societat Geogràfica de Londres. Es tracta d'una font magnífica per conèixer totes les exploracions africanes que s'havien dut a terme fins aleshores.

En el periòdic recreatiu de Hetzel, el *Magasin d'éducation et de récréation*, veu la llum en forma de fulletó *Viatges i aventures del capità Hatteras* (1864), novel·la ambientada en les latituds polars.

Igual com en *Cinc setmanes en globus* Verne s'havia inspirat en el seu amic Nadar, en *Viatge al centre de la Terra* (1864) l'assessora el vulcanòleg Sainte-Claire Déville i es basa en estudis de geòlegs, naturalistes i mineralistes. El

El descobriment de la màquina de vapor i la seva aplicació a la locomoció van introduir grans canvis en la societat anglesa, per exemple la possibilitat de viatjar fins a destins més llunyans a través d'una extensa xarxa ferroviària. Sobre aquestes ratlles, *L'estació de ferrocarril: Paddington*, obra de W. P. Frith, que mostra l'ambient d'una estació londinenca a mitjan segle XIX.

professor Lidenbrock, amb l'ajuda del seu nebot Axel, pretén repetir la proesa que assegurava haver aconseguit l'autor d'un pergamí del segle XVI trobat en un llibre irlandès antic. Aquesta novel·la té un èxit tal que Hetzel modifica els termes del contracte i eleva la quantitat per volum a tres mil francs.

A finals de 1865 —amb l'assessorament dels matemàtics Henri Garcet, cosí de Verne, i Joseph Bertrand— es publica, en forma de fulletó en el *Journal des Débats*, *De la Terra a la Lluna*, novel·la que origina una mena d'al·lucinació col·lectiva que porta els lectors a enviar a la publicació una gran quantitat de telegrames on mostraven la seva intenció de participar en el viatge espacial.

El cinquè llibre dels *Viatges extraordinaris* és *Els fills del capità Grant* (1867), un autèntic tractat de geografia recreativa, considerat per molts l'obra mestra de l'autor. S'hi descriuen zones tan exòtiques en aquells moments com el Con Sud d'Amèrica, Austràlia o Nova Zelanda. Lord Glenarvan, un noble escocès, troba al ventre d'un tauró acabat de pescar una ampolla amb un missatge misteriós, escrit en anglès, francès i alemany; amb dificultat, s'hi llegeix que el vaixell *Britannia*, d'un tal capità Grant, havia sotsobrat anys enrere a la Patagònia, amb el perill que els possibles supervivents fossin capturats pels indis. Després de posar-se en contacte amb els fills del capità (una jove de setze anys, la Mary, i un noi de dotze, en Robert), lord Glenarvan decideix anar a la recerca del nàufrag amb el seu iot, el *Duncan*.

Vint mil llegües de viatge submarí (1869) revela la passió de Verne pel mar i és la seva novel·la més compromesa políticament amb els ideals de llibertat. Després de l'aparició, el 1866, d'un estrany monstre marí que causa estralls en diversos vaixells, s'organitza una expedició per capturar-lo. Una fragata nord-americana ho aconsegueix, però la topada contra el misteriós animal està a punt de costar la vida a tres passatgers, que surten disparats de la nau; per casualitat cauen sobre el llom del suposat cetaci, però aviat s'adonen que es tracta d'un submergible amb una estructura d'enormes planxes perfectament acoblades. Els arrossega a l'interior de la nau i, al cap d'una llarga estona, apareix el capità Nemo ('Ningú', en llatí), el qual els explica les normes de comportament —llibertat limitada, no poden abandonar mai la nau per evitar revelar-ne el secret...— a l'interior del *Nautilus*. Viatgen pel Pacífic, l'Índic i el mar Roig i, travessant un túnel subterrani per sota el canal de Suez, arriben al Mediterrani. El recorren en dos dies i van a fondejar a la badia de Vigo, on, a sota de l'actual pont de Rande, recullen part dels tresors submergits en galions enfonsats el segle XVIII. Després viatgen cap al sud i, enmig de l'Atlàntic, poden observar les restes de l'Atlàntida, el continent submergit que unia l'Àfrica amb Amèrica... Aquesta obra internacionalista i antiimperialista —sobretot critica durament la colonització anglesa, tot i que

Mapa dels extensos dominis de l'Imperi britànic a l'època de la seva màxima esplendor.

s'hi aprecia un vernís racista en la consideració dels indígenes— proporciona a l'autor abundants beneficis i mereix elogis apassionats de personalitats com Ferdinand de Lesseps, el gloriós enginyer del canal de Suez i del fracassat de Panamà.

La seguirà una altra novel·la de moltíssim èxit, la que ens ocupa: *La volta al món en vuitanta dies* (1872), a la qual dedicarem àmplies consideracions més endavant.

La producció de l'autor francès és molt extensa. Limitem-nos, finalment, a enumerar-ne dues obres més: *L'illa misteriosa* (1874), una mena de resum del pensament filosòfic del novel·lista, en què cinc presoners fugen d'una ciutat, a bord d'un globus, durant la guerra de Secessió nord-americana, i cauen en una illa, l'illa Lincoln, i *Els cinc-cents milions de la prin-*

cesa índia (1879), un relat sobre una herència fabulosa que va a parar a dos científics, un francès i l'altre alemany; el primer posa la seva riquesa al servei del progrés humà (tal com pensaven Fourier o Saint-Simon) i l'alemany, per contra, aixeca una ciutat-fàbrica dedicada a la creació d'armes que alimenten les guerres arreu del món.

ÈPOCA

Cap autor no va ser tan capaç com Verne de superar les limitacions de coneixement del temps en què va viure, ni tampoc no va saber atenir-se rigorosament al caràcter cientista, al progressisme general, a l'afany de conquestes que bategava, amb major o menor força, positivament, en els tres quarts del segle XIX que va viure el nostre autor.

Des de ja feia temps, abans del naixement de Verne, s'estaven produint profundes transformacions en la vida industrial. Aquestes transformacions, preferentment tècniques, van modificar notòriament l'estructura i la naturalesa de les classes socials. Ja a finals del segle XVIII i començaments del XIX, les «fàbriques» reemplaçaven les manufactures, l'artesania familiar. Això va passar, sobretot, des del descobriment de la màquina de vapor i el seu aprofitament (Watt, Fulton, Stephenson), que va independitzar en gran manera la producció dels atzars de les forces naturals, el vent i l'aigua. L'aplicació de la força del vapor a la locomoció (vaixells de vapor, locomotores, construcció, etc.) va obrir el mercat a la producció en massa.

Igualment, la posada en marxa del telègraf va permetre una comunicació ràpida entre tots els centres mercantils, culturals i científics del món.

El principal canvi tècnic va ser, sens dubte, el que van aportar les comunicacions. Les distàncies s'escurçaven. El 1869 es va obrir el canal de Suez i es va finalitzar el Ferrocarril de la Unió del Pacífic, que unia el Pací-

Turisme al Pròxim Orient cap al 1860.

fic i l'Atlàntic. Gràcies al primer, el trajecte entre Londres i Bombai es podia fer en vint-i-vuit dies. Amb el segon, es podia anar de San Francisco a Nova York en només sis. Igualment, el Gran Ferrocarril Peninsular que travessa l'Índia es va inaugurar al cap d'un any, el 1870.

També es van construir les primeres vies alpines amb les grans aportacions d'Àustria a les comunicacions mundials (1853, Semmering; 1867, Brenner) i Rússia amb el Ferrocarril Transsiberià.

El telègraf va trobar un camí a l'oceà Atlàntic amb el cable submarí Irlanda-Terranova (1866). Les línies van augmentar fins a límits insospitats amb la invenció del telèfon, que va unir el poble a la ciutat i, després, els habitants d'aquesta entre ells (Boston, 1877). La telegrafia sense fils inventada per Marconi (1897 i el dirigible creat pel comte Zeppelin (1900) van independitzar les comunicacions de les rutes que existien fins aleshores.

LA VOLTA AL MÓN EN VUITANTA DIES

Argument

Un home-rellotge, flegmàtic i ordenat, es juga vint mil lliures amb cinc col·legues del Reform Club que és capaç de fer la volta al món en vuitanta dies. Aquest *gentleman*, anomenat Phileas Fogg, abandona la ciutat de Londres aquella mateixa tarda de tardor (2 d'octubre de 1872), acompanyat del tot just contractat criat francès Jean Passepartout, un xicotàs robust i lleial, una mica tarambana, que vol deixar la vida i els exercicis gimnàstics i acrobàtics dels personatges de la faràndula, per fer una vida tranquil·la i sedentària. Els avatars d'aquest viatge circular constituiran la història principal narrada en un viatge pel globus terraqüi, en direcció est. Tanmateix, un altre esdeveniment contribuirà a la creació d'un autèntic suspens narratiu, és a dir, assistirem a una història paral·lela. Tres dies abans que es formalitzi l'aposta es produeix un robatori al Banc d'Anglaterra; un lladre, descrit per la premsa amb aspecte similar al de Phileas Fogg, s'havia endut cinquanta-cinc mil lliures. El *gentleman* es converteix en sospitós.

La peripècia transcorre sense ensurts fins al port de Suez, on un policia anglès, l'inspector Fix —convençut d'actuar d'acord amb la llei, en estimar que el seu compatriota és el lladre del banc—, comença a seguir Phileas Fogg amb l'esperança d'aconseguir presentar-li l'ordre de detenció i arrest arribada des de la metròpoli en algun lloc de l'Imperi britànic. A Bombai, Passepartout provoca un incident en una pagoda, on, sense saber-ho, comet un sacrilegi. Però el principal contratemps té lloc durant la travessia de l'Índia, en el recorregut del ferrocarril Bombai-Calcuta, que té un

Els anglesos van mantenir els seus costums i les seves normes socials a tots els racons del seu vast imperi.

tram de via sense acabar. Phileas Fogg compra un elefant i paga una substanciosa quantitat de diners al propietari per cobrir aquell trajecte, acompanyat per un militar anglès, sir Francis Cromarty.

A mitja travessia, ensopeguen amb una comitiva que va a celebrar el funeral d'un rajà i la conseqüent incineració de la seva bella vídua, Aouda. Decideixen rescatar la dissortada jove, amb l'enginy i la temeritat de Passepartout, i aquesta esdevé la nova acompanyant del viatge, atès que per ella romandre a l'Índia hauria suposat un greu perill.

Fix, l'inductor d'aquella segona història paral·lela, entestat a endarrerir al màxim i per qualsevol mitjà el viatge del *gentleman* Phileas Fogg, aconsegueix que a Calcuta amo i criat siguin detinguts i processats per la pro-

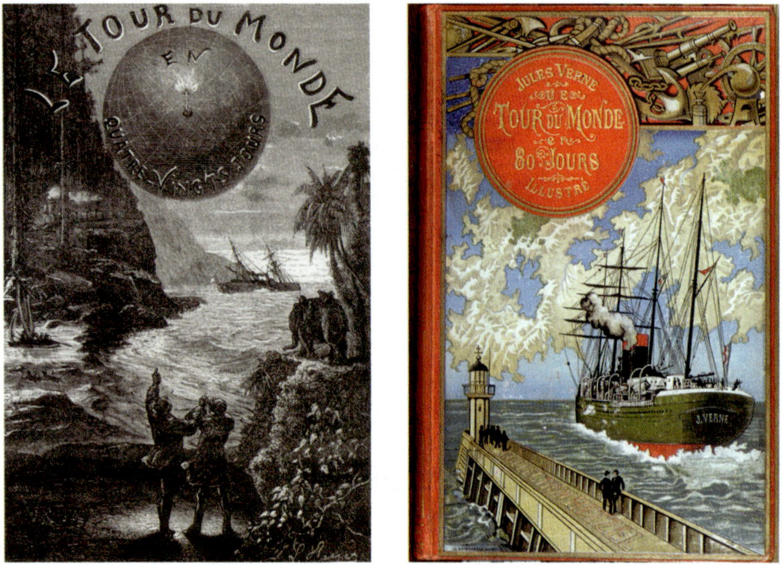

Dues cobertes de sengles edicions de *Le Tour du monde en 80 jours*.

fanació de la pagoda de Bombai. Com en altres ocasions, Fogg es lliura de la retenció amb la paga d'una suma de diners.

A Hong Kong, Fix, convençut de la rectitud de la seva actuació, intenta retenir Passepartout amb una droga; només aconsegueix que Fogg perdi el vapor de Yokohama, perquè el seu criat no el pot avisar de l'hora que surt el vaixell. Això no obstant, Fogg aconsegueix arribar a Yokohama, on retroba el seu criat. I, de nou junts, travessen el Pacífic fins a la ciutat de San Francisco.

Quant a la història policíaca paral·lela, l'inspector Fix signa un pacte amb el criat francès: com que no es troben en territori britànic, no intentarà aturar Phileas Fogg; al contrari, els ajudarà perquè el periple acabi com més aviat millor a Anglaterra, sense que Fogg encara no sàpiga res de la identitat del detectiu Fix.

Durant la travessa dels Estats Units d'oest a est es produeixen diversos incidents: l'enfonsament d'un pont i més endavant un conat de duel entre Fogg i un nord-americà mal educat, enfrontament que no arriba a celebrar-se a causa d'un atac dels sioux, que s'emporten Passepartout com a ostatge. El rescat del criat fa que perdin el tren i hagin de fer el trajecte en un trineu dotat de vela.

Però malgrat tot, se'ls escapa el transatlàntic que els ha de dur de Nova York a Liverpool. Solucionen el problema embarcant-se en un mercant amb destinació a Bordeus; Fogg el compra al mig de la travessia i arriben al port irlandès de Queenstown, on agafen un vapor ràpid que els porta a Dublín i, d'allà, a Liverpool. A la duana del port, Fogg és retingut durant un parell d'hores per l'inspector Fix i després posat en llibertat, perquè a l'autèntic lladre del Banc d'Anglaterra l'havien detingut ja feia tres dies. Arriben a Londres, pensant que l'aposta està perduda. Passepartout va a buscar un sacerdot per celebrar el casament entre Aouda i Fogg i descobreix que no és el 22 de desembre, sinó el 21, data límit de l'aposta. Havien viatjat en direcció contrària a la del sol (direcció est), amb la qual cosa el recorregut s'havia reduït vint-i-quatre hores. Així, Phileas Fogg havia guanyat la juguesca als seus companys del Reform Club.

Temes

El primer que sedueix el lector d'aquest relat meravellós —al marge de la sensació de gaudir del viatge, que no era poc per a una època tan viatgera— és la prolixitat desplegada en la descripció de tot allò que van observant els protagonistes als llocs per on passen: es van succeint ensenyaments sobre botànica, etnografia, història de la religió, història política, física, mecànica i moltes altres disciplines. Fonamentalment, les lliçons de geografia física constitueixen l'aportació que millor coincideix amb els ideals viatgers del moment que li ha tocat viure i per al qual escriu Jules Verne. Recordem que l'autor havia contribuït a aquesta disciplina amb diverses obres de divulgació: *Història dels grans viatges i dels grans viatgers* (1870), *Descobriment de la Terra* (quatre volums, els tres últims en col·laboració amb Gabriel Marcel: 1870, 1878, 1879 i 1880) i *Els grans exploradors del segle XIX* (1880). La geografia física havia posat a l'abast de l'estudiós tots els racons ignorats fins no feia gaire, sobretot als continents africà i asiàtic.

El brou de cultiu era, per tant, l'adequat perquè Verne ens exposés en aquesta obra, igual com en totes les que va escriure, almenys fins al 1879 —data en què els estudiosos estableixen una segona etapa en la seva producció—, la infinita fe que tenia en la ciència i, sobretot, en les seves formulacions pràctiques, industrials i tècniques. Es proposa fer la volta al món agafant com a motiu conductor la conquesta i el domini de la naturalesa, sobretot per mitjà de dues manifestacions industrials paradigmàtiques: el ferrocarril i el vaixell de vapor. D'aquesta manera, en *La volta al món en vuitanta dies* hi ha present aquesta idea de fe cega en la ciència i en la tècnica i, per tant, en la indústria, a través de les tres mediacions que Verne fa intervenir en les obres de la seva primera etapa productiva: el viatge, la saviesa cientificotècnica i la colonització. No hi ha res d'estrany en el fet que aquest tercer factor estigui present en els *Viatges extraordinaris*, atès que un dels objectius dels avenços científics i tècnics era sotmetre terrenys i societats desconeguts, amb tot el que aquest fenomen pot significar sociològicament. (I el nostre autor, malgrat defensar el procés colonitzador, per exemple, adopta posicions crítiques respecte als procediments colonitzadors, com el d'Anglaterra a l'Índia.)

És clar que la ciència del moment —i la posterior— no ha solucionat totalment els problemes del benestar i del progrés definitiu —una utopia molt de l'època, en consonància amb les teories de Saint-Simon o el positivisme d'Auguste Comte—, la qual cosa fa que de vegades calgui recór-

La volta al món en vuitanta dies va tenir tant d'èxit al seu moment, que fins i tot alguns fabricants van utilitzar l'obra per fer estampats per a jocs de taula, com el de la imatge, que recull alguns episodis de la novel·la.

rer als mitjans tècnics més tradicionals i arcaics, com és el cas de l'elefant o del trineu que els protagonistes del viatge es veuen obligats a fer servir quan fallen els flamants mitjans ja existents.

El tema fonamental, doncs, de la nostra novel·la és el viatge agradable i aprofitable educativament, emprant els meravellosos mitjans de transport que ja estaven a l'abast dels protagonistes. Tanmateix aquest objectiu —que, per cert, es genera amb un motiu tan frívol com és una juguesca entre amics— no deixa d'allunyar-nos una mica del caràcter merament lúdic, en comprovar com al final del relat s'ha produït també un recorregut interior per la vida dels personatges, un autèntic viatge intern que ens porta a presenciar una transformació espiritual d'un personatge totalment fred, impertorbable, flegmàtic, intransigent amb la precisió temporal... vers el sentiment amorós, veritable corol·lari a què ens condueix el personatge de Phileas Fogg.

Estructura

La història viatgera de *La volta al món en vuitanta dies* està narrada seguint un ordre lineal. La trama és única, tret d'uns breus passatges en què assistim a una bifurcació motivada per les maquinacions de l'inspector Fix, que frisa per detenir el cavaller Phileas Fogg a qualsevol indret de l'Imperi britànic. En efecte, els estratagemes de Fix fan que Passepartout es vegi obligat a distanciar-se de Fogg.

En l'estructura del relat podem identificar temàticament set apartats, tenint en compte els territoris per on va succeint l'aventura de Phileas Fogg:

1) Capítols I-III: preparatius del viatge i estat d'ànim de l'opinió pública britànica, amb defensors i detractors de l'aventura de Fogg.
2) Capítols IV-V: amb les sospites prèvies, els personatges —que havien sortit amb el vapor *Mongolia* des de Bríndisi en direcció a Bombai— apareixen a Suez, juntament amb un personatge que introduirà un caràcter policíac a la narració i que encara li proporcionarà més animació: l'inspector Fix.
3) Capítols VI-XII: aventures i desventures per l'Índia.
4) Capítols XIII-XVI: el 30 d'octubre, el *Rangoon* entra al mar de la Xina, és a dir, a l'oceà Pacífic. Fix aconsegueix apartar Passepartout del seu amo a Hong Kong, on arriben el 6 de novembre (capítol XIV). Viatge per la Xina. En el capítol XIV tornem enrere (és a dir, a Hong Kong), per narrar el que li havia passat a Passepartout. Retrobament a Yokohama.
5) Capítol XVII: creuen el Pacífic.
6) Capítols XVIII-XXII: llarg i excitant recorregut d'oest a est pels Estats Units.

Jules Verne amb la seva muller, Honorine; el seu fill, Michel, i altres persones a la platja de Mers-les-Bains, als volts de 1894.

7) Capítols XXIII-XXVII: finalització del viatge, amb l'última sorpresa de les moltes que tenen lloc a l'Atlàntic i a Liverpool. Els protagonistes guanyen la juguesca, tot i estar convençuts d'haver-la perdut.

En la novel·la original, cadascun dels vint-i-set capítols porta com a epígraf una llarga llegenda sobre el seu contingut. Però la veritat és que aquesta llegenda només reprodueix el contingut molt parcialment. L'interès que el títol del capítol no en reprodueixi un resum com cal rau en tècniques molt habituals en la literatura de fulletó de l'època, per la qual, més que el contingut del capítol, interessaven les tècniques per mantenir l'interès del lector. Per això, si ens fixem en cadascun dels capítols, tots comencen amb ambientació descriptiva i acaben amb situacions en què s'apel·la clarament a l'atenció del lector per la importància que el narrador confereix als esdeveniments que s'hi narren, tots ells dignes d'atenció pel que es viurà a continuació. Tinguem en compte que la major part de l'obra de Verne es va publicar per capítols, és a dir, seguint la manera popular d'aparició dels relats romàntics com a literatura de fulletó.

El fet que en la novel·la de Verne apareguin detallades descripcions geogràfiques, culturals, religioses, de flora i de fauna dels països per on transcorren les peripècies obeeix al fet que aquesta mena de cròniques de la realitat era habitual en les novel·les del realisme del moment, tot plegat alimentat per l'interès que existia a l'època per tots els mons exòtics com l'Índia, el Japó o el territori de l'oest dels Estats Units, que tot just es començaven a descobrir i conèixer.

Personatges

S'ha escrit molt sobre els models espirituals d'un personatge com Phileas Fogg. Hi ha interpretacions per triar i remenar: psicològiques (la figura del pare), sociològiques (l'esperit del poble britànic), el pur homenatge cultural de Verne a Byron, per posar-ne alguns exemples.

Fogg és una mena de robot, de màquina, «tan perfecte com un cronòmetre». En definitiva, un ésser «poc humà», com una figura de cera del museu de Madame Tussauds; psíquicament, és un autòmat. Quin és, doncs, el secret de la seva persistència en la ment dels lectors? Precisament aquell caràcter opac que sempre desprèn el protagonista (recordem que *Fogg* vol dir 'boira' en anglès). El narrador hi insisteix quan parla de l'hermetisme del seu caràcter i dels seus comportaments silenciosos. Es multiplica el suspens entorn d'un personatge, d'altra banda, sempre matemàticament idèntic en les reaccions. Tot i això ens causa neguit, malgrat el seu pragmatisme absolut.

Hi contribueix el fet que el narrador sempre ens el descriu de manera negativa i mai no podem veure el funcionament de la seva maquinària interna; només se'ns permet presenciar-lo molt externament:

Un *gentleman* anglès contemporani de Phileas Fogg de ben segur que s'informava de l'actualitat mundial llegint diaris com el *The Illustrated London News*. A la dreta, caricatura publicada en un diari francès de l'època que representa Jules Verne amb una bola del món enfilada en una ploma.

> D'altra banda, tampoc no se sabia que tingués dona, fills, família o amics. Vivia tot sol a la seva casa de Saville Row [...]. De dia feia vida al club; al club i prou. Allà llegia els diaris i jugava al *whist*; hi dinava i sopava, sempre a les mateixes hores en punt, sempre els mateixos àpats i sempre a la mateixa taula, que no compartia amb ningú. [Cap. I]

Malgrat tot, no podem dir que sigui una persona esquerpa. Tanmateix, en la seva percepció se'ns aglutina una consideració grotesca paral·lelament a la fantàstica. La seva rectitud exagerada es presenta, però, envoltada d'algunes virtuts, com ara la sang freda que mostra davant les experiències més compromeses i la facilitat per no desmoralitzar-se davant les situacions límit. Per això ens sorprèn quan duu a terme actes de generositat, com amb la captaire que troben al començament del viatge, o amb l'afany que mostra per salvar Aouda. El mateix podem dir de la prodigalitat a l'hora de contractar mitjans de transport, premiar els serveis prestats, regalar l'elefant Kiouni o fins i tot comprar vaixells, que semblaria l'única cosa esperable d'un Fogg que surt amb la idea fixa de fer la volta al món en un temps determinat.

¿Hi ha alguna altra mena d'explicacions d'aquesta manca de motivació emocional explícita? Potser el seu afany per ocultar les emocions obeeixi al fet que considera l'expressió d'aquestes un defecte, vist des d'una perspectiva deformada per les convencions socials.

Cal dir, també, que aquesta figura, entre grotesca i admirable, creix espiritualment al llarg del periple. De fet, el lector sospita que li importava molt poc guanyar o no l'aposta, i que el que més valorava era allò que emocionalment li havia proporcionat la presència d'Aouda.

Com una parella cervantina, Jean Passepartout (en francès, 'clau mestra', 'val per a tot', 'comodí') complementa perfectament el cavaller flegmàtic. L'origen francès del criat contribueix a aquesta contraposició de tarannàs, en un contrast entre les dues nacionalitats, francesa i britànica, que recorre tot el llibre. El criat representa la frescor, la imaginació, la visió lúdica de la vida quotidiana, l'interès per les coses materials —no veu amb bons ulls el caràcter excessivament generós del seu flegmàtic amo en diversos tractes mercantils—, una punta d'ingenuïtat. Però també suporta tota la càrrega de comicitat present en el relat, que no és poca. Amb tot, no deixa de seduir el lector per aquella capacitat seva d'admiració davant la realitat existent i la seva capacitat de transmetre'ns aquesta empatia amb paisatges, ambients, persones natives dels diversos llocs per on passen...

Passepartout comença amb dubtes a l'inici del recorregut, però s'anirà implicant cada vegada més en la consecució de la idea fixa que lidera el seu amo i, després de vèncer la desconfiança inicial, es convertirà en el màxim valedor perquè tot es produeixi en el tram temporal prefixat.

Litografia de Currier & Ives que mostra un tren travessant les muntanyes Rocalloses, como fan els nostres protagonistes al capítol XIX.

Finalment, el seu altruisme arriba fins i tot a situar-se a l'altura —si no per damunt— del del seu senyor, amb manifestacions molt clares, algunes decisives per a l'avenç de la narració; recordem la gosadia amb què es disposa a salvar Aouda o el valor —derivat, sens dubte, dels seus aprenentatges i oficis de joventut— amb què salva de l'atac dels sioux tots els passatgers que circulaven pels Estats Units.

Aouda s'incorpora al relat quan ja està molt avançat, però té una important funció catàrtica en el creixement dels altres personatges. El primer que salta a la vista quan considerem aquest personatge femení —del qual no coneixem gairebé res, tret de la seva reconfortant estranyesa davant de tota l'atenció de què gaudeix per part dels dos protagonistes, i l'adhesió cada vegada més compromesa al projecte de Fogg— és el fet mateix que un personatge així aparegui al relat de Verne. Davant d'això, ens preguntem fins a quin punt hi podrien haver influït les consignes de l'editor Hetzel, per cert molt persistents. Sempre s'ha atribuït al nostre autor una certa misogínia, cosa que ell no ha negat. Vegem-ho.

En l'entrevista que Verne va concedir al *The Strand Magazine* el 1894, quan un periodista li insinua la poca presència de la dona a les seves obres, li contesta:

> Ho nego rotundament. Per exemple, té la senyora Branican i les noies encisadores d'algunes de les meves narracions. L'amor és una passió absorbent i deixa lloc per a molt poca cosa més en el pit humà. Per això, de vegades, evito la presència femenina [...].

Aouda, tal com dèiem, tindrà una importància decisiva no tan sols per dur a terme el viatge del relat, sinó un viatge extraordinari més. Ella fa que Fogg maduri en terrenys per als quals no el consideràvem preparat. Entre ells se'ns suggereix, més que no s'expressa, una forta intriga sentimental que provoca un canvi gradual en el caràcter de Fogg, que passa d'una indiferència absoluta davant d'allò que observa i que l'envolta, a preocupar-se contínuament pel benestar de la jove, tòpicament senzilla i tendra.

Amb Passepartout, en canvi, s'estableix un afecte senzill i exprés, una bona amistat.

Finalment, és força sorprenent que ella prengui la iniciativa en la proposició de matrimoni a Fogg, cosa que ens fa pensar que possiblement Verne seguís consignes de l'editor Hetzel, perquè no hi ha cap dubte que la superioritat manifesta de Fogg es veu, en certa manera, humiliada quan són els seus companys qui el «salven», sobretot la bella parsi.

Fix és un personatge d'un cert pes a la novel·la, un autèntic antiheroi, i un fidel seguidor de la seva tasca com a policia en la persecució d'un

Gravats de C. de Neuville i L. Benett per a una edició francesa de l'obra.

delicte: el robatori del Banc d'Anglaterra. El seu nom, com els de tots els personatges principals del relat, ens remet a les idees fixes; en efecte, la defensa de la idea que el mou és igual de forta que la que mou Fogg en el seu projecte. Per aconseguir l'objectiu de la seva missió utilitza tota mena d'estratagemes per tal de perseguir allò que es proposa, perquè és la feina que té encomanada, com quan aconsegueix que Passepartout quedi en un estat d'embriaguesa total amb l'opi i la beguda. És, doncs, un personatge obstinadíssim, però que té la virtut de no provocar l'odi del lector, com altres antiherois de Verne. Això no obstant, és un personatge pla, que no sap sortir de la seva monomania i es converteix en víctima de la serietat i responsabilitat professional.

Al costat d'aquests quatre personatges principals, en el relat surten, més o menys esporàdicament, altres personatges, alguns fins i tot anònims. Ben elaborats se'ns presenten alguns capitans de vaixell, veritable motiu d'enveja per l'autor, que usurpa per la força les funcions a algun d'ells: el valent John Bunsby o el primitiu i una mica grotesc Andrew Speedy. Dos militars d'alta graduació apareixen també en contrast: el brigadier (general de brigada) anglès sir Francis Cromarty, que acompanya Fogg en tot el viatge per l'Índia, i el ridícul coronel nord-americà Stamp W. Proctor, amb qui el *gentleman* topa en el recorregut pels Estats Units.

Alguns personatges anònims deixen un bon record en la ment del lector. És el cas del jove parsi que condueix l'elefant Kiouni (és, per tant, un *mahut*) i trasllada els viatgers (entre ells el brigadier Cromarty) en una de les etapes per l'Índia.

Estil

Ja ens hem referit més amunt a la capacitat de Verne per crear situacions teatrals; no és debades que l'autor va començar a viure a París, almenys en part, de peces teatrals que, gràcies a Alexandre Dumas, va dur a escena. El valor teatral —farsa i vodevil, sobretot— s'observa en l'hàbil maneig dels aspectes humorístics que, de vegades, deriven de la realitat de l'escena mateixa, com és el cas de les actuacions circenses de la companyia de Batulcar a Yokohama.

Així mateix, ja hem al·ludit a com Jules Verne va aprofitar les tècniques fulletonesques que tan bé cultivava el seu mentor inicial, Alexandre Dumas. Per això, els capítols presenten un ritme creixent quant a la tensió negativa. Així s'assegurava l'atenció del lector i l'afany de llegir el fulletó següent. Tanmateix, hi ha capítols on predomina completament l'aspecte descriptiu: gens estrany en una literatura realista, absolutament amant d'una de les ciències de moda del moment, la geografia; a més, amb això se seguien les directrius d'un Hetzel que mai no va renunciar al caràcter didàctic dels *Viatges extraordinaris*.

A la tècnica fulletonesca es deuen també els extensos epígrafs que precedeixen cadascun dels capítols. No representen de cap manera un resum lacònic del contingut del capítol; més aviat se'ns dóna una informació que només té relació pels pèls amb aquest. Els epígrafs ens ofereixen una informació irònica, que intenta copsar l'atenció del lector i obligar-lo a llegir el capítol. Fixem-nos, a tall d'exemple, en el títol del capítol II: «Phileas Fogg s'engresca en una conversa que podria costar-li cara».

En realitat, el capítol ens relata l'estada de Fogg al Reform Club i la conversa que manté amb els seus companys sobre el robatori del Banc d'Anglaterra, en la qual tots coincideixen que atraparan el lladre, atès el domini que ja té l'home sobre qualsevol racó de la terra. Tot seguit assistim a la formulació de la juguesca. Bé; doncs, el cert és que aquella conversa que podria costar-li cara ja ens revela una mica el secret que la possible inculpació de Fogg en el robatori és falsa. En qualsevol cas, el lector es veu obligat a llegir no tan sols el capítol, sinó tot el llibre, per sortir de dubtes.

Així mateix, les apel·lacions al lector constitueixen reminiscències de tècniques teatrals, sobretot amb la intenció de crear més tensió i suspens respecte al desenllaç de la peripècia. Vegem-ne un exemple: en el capítol XII, quan Aouda mostra la seva intenció de quedar-se amb un parent llunyà (un tal Jejee) a Hong Kong i Fogg l'anima dient-li que tot se solucionarà «matemàticament», el narrador continua: «Però entenia la jove aquest adverbi horrible? No se sap».

La saviesa teatral de Verne es pot apreciar també en un exemple de la nostra adaptació, en aquest cas mitjançant la interpel·lació al lector:

> I si li haguéssiu preguntat [a Fix] per quina raó voldria un lladre deixar constància del seu pas per Suez, i com era que pensava continuar el viatge cap a Bombai, on la policia britànica podia detenir-lo, us hauria contestat que no ho sabia, però que estava segur que el senyor Fogg era un murri i en duia alguna de cap. [Cap. V.]

O aquests altres exemples breus, similars a un apart teatral:

> Quina responsabilitat per al xicot, traginar aquella fortuna! [Cap. III.]
>
> «Això està bé —va pensar [Fix]—. Aquest xicot potser encara m'ajudarà.» [Cap. XIV.]

Destaquem, finalment, la fluïdesa i concisió dels diàlegs, com també la profusió de l'ús de l'estil indirecte lliure.

Sobre els diàlegs, el cert és que serveixen d'alternança a les magnífiques descripcions físiques, geogràfiques, de paisatges, de fenòmens meteorològics, de la flora i la fauna, de les formes diverses de vida, la religió, la cultura en general... S'alleuja, així, el pes excessiu d'aquestes descripcions, de vegades massa tècniques, sobretot quan es tracta de les arts de navegació o dels elements de l'estructura dels vaixells.

Respecte a l'estil indirecte lliure, és un procediment generalitzat en la novel·lística moderna. Agafem-ne un exemple del capítol XXIV, que ens relata la reclusió de Fogg al calabós de la duana de Liverpool:

El 1956, els actors Shirley MacLaine, Cantinflas i David Niven van protagonitzar la versió cinematogràfica de *La volta al món en vuitanta dies* dirigida per Michael Anderson.

Passepartout, aleshores, va tenir el pensament terrible que era ell el causant de la desgràcia. Per què havia amagat a l'amo que Fix el perseguia? Si el senyor Fogg ho hagués sabut a temps, s'hauria afanyat a demostrar la seva innocència. O, en qualsevol cas, no s'hauria deixat empaitar al voltant del món per aquell policia tan enutjós i desagraït, que li tornava els favors arrestant-lo tan bon punt trepitjaven terra britànica. Pensant en les seves culpes i les seves imprudències, el pobre xicot plorava a llàgrima viva i sentia l'impuls d'esclafar-se el cap contra la paret!

Es recorre a aquesta manera de narrar sobretot en el moment de màxima tensió psicològica; ens permet que el personatge s'esplaï lliurement amb tota l'efusió subjectiva, i evita el formalisme objectivista de la tercera persona narrativa.

Quant a l'aprofitament estètic de la llengua, cal dir que Verne no es plantejava tant crear una bellesa suprema com emprar el llenguatge com a mitjà o instrument al servei del relat —en tot això, com ja hem apuntat, hi deuria fer un paper important la subjecció de l'autor al contracte amb l'editor—, si bé el llenguatge és prou plàstic i suggeridor i ens ofereix un veritable doll lexicològic, sobretot en la descripció de les activitats que enamoraven Verne, fonamentalment la navegació i, en general, els altres mitjans de transport, com el ferrocarril, que no feia gaire havien fet una explosiva aparició.

Repercussió social de l'obra

La volta al món en vuitanta dies va aparèixer en forma de fulletó al diari *Le Temps* entre el 6 de novembre de 1872 i el 22 de desembre del mateix any. Com a llibre va veure la llum el 30 de gener de 1873. L'èxit és fabulós i immediat i provoca reaccions socials curioses. Els corresponsals dels diaris nord-americans envien telegràficament a Nova York el text del fulletó cada dia. Les grans companyies marítimes del moment intenten aprofitar les aventures de Fogg i Passepartout com a propaganda per a les seves empreses; així, agents de la Cunard i de la White Star Line ofereixen a l'autor primes exorbitants perque elegeixi un dels seus vaixells per fer arribar Phileas Fogg a Londres.

Quan encara era en procés de publicació, Édouard Cadol sol·licita autorització per dur a terme l'escenificació de l'obra. Escriu el text teatral, però a Verne no li agrada. El gener de 1874, l'autor mateix busca un dramaturg contrastat, Adolphe D'Ennery, i aquest hi posa fil a l'agulla. La peça s'estrena el 7 de novembre amb un èxit aclaparador al teatre de la Porte Saint-Martin. Se n'havia fet una publicitat excel·lent i no va faltar res en po-

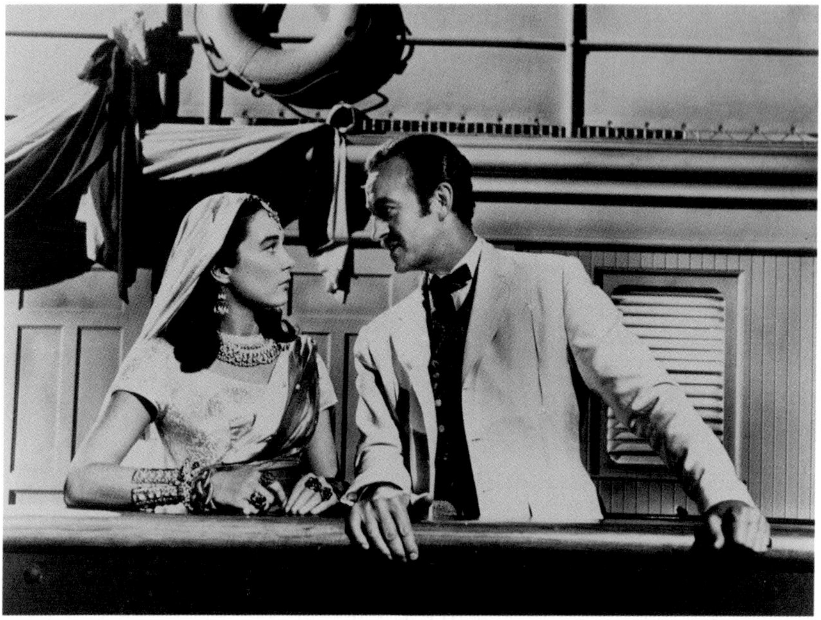

Fotograma de la versió cinematogràfica de 1956.

tència i vistositat dels mitjans utilitzats: també hi havia un elefant i una serp, així com la presència en escena d'una locomotora moguda per una caldera de vapor, que treia torrents de fum, amb l'espectacular assalt dels sioux, i un naufragi provocat per una terrible explosió que omplia l'escena de fum. Fins i tot en els entreactes, els espectadors podien contemplar al vestíbul del teatre un planisferi transparent en el qual les figures estilitzades dels dos protagonistes canviaven de meridià seguint el ritme de la representació que acabaven de presenciar. Amb unes recaptacions enormes, es va arribar a assolir la xifra de dues-centes representacions en un període de dos anys. L'èxit es va prolongar durant mig segle de reposicions anuals al teatre Châtelet, en alternança amb *Miquel Strogoff*, també de la mà de

D'Ennery. Hi ha una anècdota famosa del dia de l'estrena: el mateix Verne va insistir a revisar la cistella en què aquell elefant de veritat transportaria Phileas Fogg i Passepartout. Es va enfonsar part de l'escenari, i l'elefant va fugir espaordit pel bulevard dels Caputxins amb l'autor al llom; el domador, que va sortir corrents darrere l'animal, no els va atrapar fins a les Tulleries.

La volta al món en vuitanta dies i el cinema

De les novel·les de Jules Verne, n'hi ha trenta-tres que s'han portat a la gran pantalla i han originat un total de noranta-cinc pel·lícules, sense comptar les sèries de televisió. L'obra adaptada més cops ha estat *Miquel Strogoff* (setze vegades), seguida de *Vint mil llegües de viatge submarí* (nou vegades) i *Viatge al centre de la Terra* (sis vegades). La nostra novel·la s'ha portat a les pantalles sis vegades: 1918 (Alemanya), 1956 (la nostra versió, EUA), 1972 (Austràlia, episodis de dibuixos animats de trenta minuts cadascun), 1975 (França, sèrie per a televisió, dividida en dues parts de noranta minuts cadascuna), 1989 (Itàlia-EUA-Alemanya, telefilm amb una durada de noranta minuts) i 2004 (adaptació lliure de la novel·la, de cent deu minuts de durada).

La pel·lícula de l'any 2004 sobre la novel·la no ens sembla adequada per al nostre propòsit, perquè pensem que ha desvirtuat el text original: Phileas Fogg es presenta com un inventor excèntric i Passepartout passa a ser un xinès, Lau Xhing. En canvi, ens sembla una versió cinematogràfica acceptable la realitzada per Michael Anderson el 1956, la qual, de vuit Oscars a què havia estat nominada (millor pel·lícula, millor fotografia, millor muntatge, millor banda sonora, millor guió adaptat, millor direcció d'art, millor disseny de vestuari i millor director), va aconseguir el premi en els cinc primers apartats.

La volta al món en vuitanta dies

Capítol I

Sembla que Phileas Fogg i Passepartout es convenen l'un a l'altre

De Phileas Fogg, cavaller alt i de bigotis rossos, se sabia ben poca cosa, llevat que era un dels personatges més singulars de l'alta societat anglesa. És un fet provat que vivia a la ciutat de Londres, però difícilment podem afirmar que fos londinenc de soca-rel, ja que no es dedicava a cap de les activitats pròpies dels *gentlemen*[1] de la gran metròpoli: no freqüentava la Borsa ni els tribunals, no es deixava veure pels molls de mercaderies del Tàmesi, tal com fan els qui comercien amb ultramar[2], i no pertanyia al consell d'administració de cap empresa, ni a cap col·legi professional, ni a cap institució científica o cultural.

Phileas Fogg pertanyia al Reform Club,[3] i prou.

1 *gentlemen*: en anglès, 'senyors'; el singular és *gentleman*.
2 ultramar: territori o territoris de l'altra banda del mar.
3 El Reform Club va ser fundat l'any 1836 com a entitat que reunia els membres i els seguidors del partit liberal britànic. Avui encara existeix i té la seu al carrer Pall Mall, en un edifici inspirat en els palaus romans. Hi han pertangut personatges cèlebres com l'escriptor Arthur Conan Doyle, creador del detectiu Sherlock Holmes, i Winston Churchill, que va ser primer ministre del Regne Unit durant la Segona Guerra Mundial.

Ara bé, com que aquest és un club de gent de molts diners, com a mínim podem pensar que el senyor Fogg era ric. I sí que ho era. Però la manera com havia fet fortuna romania en el misteri, i ell es guardava prou d'explicar-la, perquè també era un home d'allò més reservat.

Almenys, sabem si havia viatjat? Doncs potser sí, perquè ningú no coneixia el mapamundi com el senyor Fogg. Prou que es veia, en les tertúlies del club, que no existia cap indret al món, per remot que fos, del qual no tingués un coneixement especial. Per força, doncs, devia haver viatjat moltíssim, si més no amb la imaginació.

D'altra banda, tampoc no se sabia que tingués dona, fills, família o amics. Vivia tot sol a la seva casa de Saville Row, un carrer molt cèntric, on només passava les hores nocturnes. De dia feia vida al club; al club i prou. Allà llegia els diaris i jugava al *whist*[4]; hi dinava i sopava, sempre a les mateixes hores en punt, sempre els mateixos àpats i sempre a la mateixa taula, que no compartia amb ningú.

La casa de Saville Row, si bé no era luxosa, era d'allò més confortable, i com que Phileas Fogg només s'hi estava per dormir, n'hi havia prou amb un criat per tenir cura de les feines domèstiques.

Cal dir, però, que l'amo exigia del servei una puntualitat i una precisió extraordinàries, i afegirem que el dia que comença aquesta història —el 2 d'octubre de 1872— el senyor Fogg havia acomiadat el criat perquè li havia portat l'aigua per afaitar-se a vint-i-nou graus centígrads, i no pas a trenta, com a ell li agradava.

Faltava poc perquè el rellotge de la sala toqués dos quarts de dotze, quan va presentar-se el candidat a substituir el servent acomiadat.

4 Joc de cartes d'origen britànic que es juga per parelles.

—Sou francès i us dieu John? —va preguntar-li el senyor Fogg.

—Jean, senyor —va contestar el nouvingut, que era un jove d'uns trenta anys, morè de pell i de cabells bruns, ample de pit i fort de cintura—. Jean Passepartout[5], un sobrenom que em van donar perquè sembla que tinc una habilitat natural per sortir airós de qualsevol mal pas. Heu de saber que he exercit unes quantes professions: cantant i genet de circ, acròbata i equilibrista, professor de gimnàstica i sergent de bombers a París. Però, tot i aquesta diversitat d'oficis, senyor, m'atreveixo a afirmar que sóc una persona honrada. Ara fa cinc anys que vaig venir a Anglaterra i em vaig fer ajudant de cambra[6]; i és que el cos em demanava de menar una vida més tranquil·la. Amb tot, no he tingut sort amb els meus amos, que eren cavallers capriciosos, amics de córrer aventures. Per això, quan he sabut que vós, l'home més reposat i sedentari de la Gran Bretanya, buscàveu un criat, m'he afanyat a presentar-me. Tinc l'esperança que amb vós viuré tranquil i que fins i tot arribaré a oblidar el sobrenom de Passepartout.

—Passepartout, ja m'està bé —va contestar Phileas Fogg—. Veniu ben recomanat pel vostre antic amo. Coneixeu les meves condicions?

—Sí, senyor.

—Doncs a partir d'aquest moment, a les onze i vint-i-nou minuts del matí del dimecres 2 d'octubre de 1872, comenceu a treballar per a mi.

I, dit això, el senyor Fogg es va posar el barret i va sortir de casa en direcció al Reform Club, tal com feia cada dia de l'any, puntualment, a dos quarts de dotze.

5 En francès, *passe-partout* vol dir «que serveix per a tot».
6 ajudant de cambra: assistent personal.

Passepartout, que s'havia quedat sol a la nova llar, va sospirar:

—Al museu de Madame Tussauds he vist personatges tant o més animats que l'amo Fogg!

Val a dir que els personatges de Madame Tussauds són unes figures de cera, d'allò més visitades a Londres, a les quals no els falta sinó parlar.[7]

L'entrevista havia estat breu, però Passepartout n'havia tingut prou per estudiar amb detall el nou patró: era la viva estampa d'aquells anglesos de sang freda, flegmàtics[8] i de mirada neta i directa. Se'l veia un ésser equilibrat en tot, tan perfecte com un cronòmetre de la millor marca.

I és veritat que Phileas Fogg era una persona matemàticament exacta. En els seus trajectes de casa al club i del club a casa —els únics que se li coneixien— mai no feia una passa de més, no malgastava una mirada ni feia un gest superflu. Mai no anava amb presses, però sempre arribava a temps.

En canvi, Passepartout era un bon noi, d'ulls vius i francs que ho miraven tot amb curiositat, sempre disposat a ajudar i sempre disposat a donar-te un copet amistós a l'espatlla amb els seus braços de força hercúlia, ensinistrats pels molts oficis que havia exercit malgrat la seva joventut.

Vist aquest caràcter expansiu[9], ¿s'avindria, Jean Passepartout, amb aquell nou amo tan avar en gestos, paraules i mirades? Això tan sols se

7 Marie Tussauds va néixer a França l'any 1761 i va aprendre d'un metge l'art de fer models humans de cera. Va modelar les efígies de molts personatges del seu temps que han fet història, com ara els pensadors Voltaire i Jean-Jacques Rousseau, i nombrosos protagonistes de la Revolució Francesa. L'any 1835 va inaugurar una exposició permanent a Londres, la qual ha esdevingut el museu de cera més famós del món.
8 flegmàtic: de caràcter molt tranquil, que no es neguiteja per res.
9 expansiu: dit del caràcter d'una persona que manifesta sempre els seus sentiments.

sabria amb el temps; però el cert és que aquell 2 d'octubre, convençut que havia trobat l'ocupació més tranquil·la del món, el francès se sentia d'allò més satisfet.

La casa de Saville Row li agradava. Era una casa neta, austera però confortable: il·luminada i escalfada amb gas. La seva cambra era al segon pis; tenia tot de timbres elèctrics i tubs acústics[10] que comunicaven amb les altres estances, i també un rellotge sobre la lleixa[11] de la llar, que marcava exactament el mateix segon que el rellotge del dormitori de Phileas Fogg.

Al costat del rellotge va trobar una nota. Era el programa del servei diari: l'amo Fogg es llevava a les vuit, prenia el te i les torrades a les vuit i vint-i-tres, s'afaitava a les nou i trenta-set, es pentinava a les nou i quaranta, etc.; i a dos quarts de dotze sortia cap al Reform Club, d'on no tornava fins a la mitjanit en punt.

Passepartout es va fregar les mans i va exclamar, satisfet:

—Això m'agrada! El senyor Fogg és just la persona que em convé. Un home casolà i metòdic, un veritable mecanisme! I jo estic encantat de servir un mecanisme!

10 tub acústic: tub de fusta o de metall que, travessant sostres o parets, serveix per parlar a distància, d'una estança a una altra.
11 lleixa: prestatge.

Capítol II

Phileas Fogg s'engresca en una conversa que podria costar-li cara

Phileas Fogg va sortir de casa a dos quarts de dotze i, després de fer cinc-centes setanta-cinc passes amb el peu esquerre, i cinc-centes setanta-sis passes amb el peu dret, va arribar a la seu del Reform Club, que és un edifici gran i luxós, talment un palau, situat al centre de Londres.

Va seure a la seva taula de sempre, al menjador, i va demanar el mateix dinar de cada dia: peix bullit amb salsa, rosbif[1] amb xampinyons, pastís de ruibarbre[2] i groselles, i postres de formatge, tot ben regat amb unes quantes tasses d'un te excel·lent que es cultiva especialment per als socis de la casa.

A les dotze i quaranta-set minuts, enllestit l'àpat, va anar a seure al saló i va llegir dos diaris sencers fins a l'hora de sopar, moment en què va tornar al menjador per empassar-se un àpat si fa no fa

1 rosbif: tall rodó de bou rostit.
2 ruibarbre: hortalissa poc coneguda al nostre país. La tija de les fulles, suculenta i àcida, és molt emprada com a condiment en la cuina anglesa. El nom científic és *Rheum rhabarbarum*.

idèntic al del migdia. Després, a les cinc i quaranta, va fer de nou cap al saló per llegir un tercer diari.

Aquesta era la rutina diària de Phileas Fogg fins que, tocades les sis, arribaven els seus companys en el joc del *whist*, cinc personatges rics i respectables, entre els quals hi havia Gauthier Ralph, un alt càrrec del Banc d'Anglaterra. La presència del senyor Ralph explica que la conversa d'aquell vespre girés entorn del robatori que s'havia esdevingut tres dies abans al banc esmentat.

Havia passat que, de la manera més sorprenent, sense violència i sense que ningú no se n'adonés, algú havia agafat del taulell, davant mateix del nas del caixer, un feix de bitllets que sumaven cinquanta-cinc mil lliures[3], una veritable fortuna.

Un cop reconegut el robatori, la policia havia enviat els seus agents més hàbils a ports tan principals del món com Liverpool, Glasgow, Le Havre, Bríndisi, Suez i Nova York,[4] amb la promesa que si capturaven el lladre rebrien una prima[5] de dues mil lliures, a més del cinc per cent dels diners robats que aconseguissin recuperar. Tenien la descripció del sospitós, un *gentleman* d'aire distingit que havien vist rondant pel banc el dia que es va cometre el delicte.

En aquell moment, doncs, mentre la policia vigilava el trànsit marítim de passatgers, l'alt càrrec del banc seia al club amb Phileas Fogg i els seus companys, jugava a cartes i, entre tirada i tirada, parlava de les probabilitats que hi havia d'enxampar el malfactor[6].

3 La lliura esterlina és la unitat monetària de la Gran Bretanya.
4 Aquests cinc ports, certament, encara avui canalitzen una bona part del tràfic marítim mundial de mercaderies. Liverpool, a Anglaterra, i Glasgow, a Escòcia, són tots dos a les costes occidentals de la Gran Bretanya. Le Havre és a la costa nord de França, i Bríndisi a l'extrem sud d'Itàlia. Suez és a la riba de la mar Roja, a Egipte, i Nova York, a la costa est dels Estats Units d'Amèrica.
5 prima: premi en diners que s'ofereix per l'obtenció d'un resultat determinat.
6 malfactor: delinqüent.

—Jo dic que l'atraparan —assegurava—. No hi ha cap país on pugui amagar-se.

—Exagereu! —va dir un company seu, de nom Andrew Stuart—. Heu de reconèixer que la Terra és massa gran.

—Ho era en el passat —va intervenir Phileas Fogg.

—En el passat? —va fer Andrew Stuart—. Voleu dir que la Terra s'ha encongit, senyor Fogg?

—Certament, la Terra s'ha encongit per als homes, que avui dia la poden recórrer deu vegades més de pressa que fa cent anys.

—Doncs això facilitarà encara més la fugida del lladre! —va riure Andrew Stuart, i va afegir:— Però admeto que és divertida aquesta afirmació que la Terra s'ha encongit perquè avui dia n'hi ha prou amb tres mesos per fer la volta al món...

—No calen tres mesos —va contestar Phileas Fogg—. N'hi ha prou amb vuitanta dies. Veieu-ho en aquest article del *Morning Chronicle*...[7]

I, dient això, va agafar el diari que havia estat llegint i va ensenyar-lo al company:

De Londres a Suez (Egipte), passant per Torí i Bríndisi (Itàlia), amb ferrocarril i vaixell	7 dies
De Suez a Bombai (Índia), amb vaixell	13 dies
De Bombai a Calcuta (Índia), amb ferrocarril	3 dies
De Calcuta a Hong Kong (Xina), amb vaixell	13 dies
De Hong Kong a Yokohama (Japó), amb vaixell	6 dies

7 En aquest diari, que fa més d'un segle que es va deixar de publicar, va treballar-hi l'escriptor anglès Charles Dickens, autor d'obres clàssiques de la literatura universal com ara *Oliver Twist* i *Cançó de Nadal*.

De Yokohama a San Francisco, amb vaixell	22 dies
De San Francisco a Nova York, amb ferrocarril	7 dies
De Nova York a Londres, amb vaixell i ferrocarril . . .	9 dies
Total	80 dies

—Sí, vuitanta dies en teoria! —va exclamar Andrew Stuart—. Però cal tenir en compte els temporals que afecten la navegació, els retards en els ferrocarrils, els descarrilaments i els sabotatges dels rebels i els bandits...

—Fins i tot així, n'hi ha prou amb vuitanta dies —va insistir Phileas Fogg.

—Ja m'agradaria veure com es fa! —va exclamar Andrew Stuart.

—Això rai, marxem plegats i ho veureu.

—Marxar? Quina bogeria!

—No és cap bogeria, senyor Stuart.

—Entesos! Marxeu vós, senyor Fogg!

—A fer la volta al món en vuitanta dies? D'acord.

—Hi aposto quatre mil lliures que no ho aconseguiu!

—Fet! —va acceptar Phileas Fogg, i mirant la resta de companys de taula, va dir:— Tinc vint mil lliures al banc. Les hi apostaria amb molt de gust si...

Els companys van protestar. No calia arribar tan lluny per una discussió de taula, van dir. I van afegir:

—Vint mil lliures que podríeu perdre per qualsevol retard imprevist en la sortida d'un tren o d'un vaixell!

—Els imprevistos no existeixen —va afirmar Phileas Fogg.

—Pareu de fer broma!

—Un bon anglès mai no fa broma en matèria d'apostes. Faré la volta al món en vuitanta dies o potser menys. Accepteu la juguesca[8] tots els aquí presents?

Al capdavall, com que és veritat que un bon anglès mai no fa broma en matèria d'apostes, tots els presents van contestar al mateix temps:

—L'acceptem!

I sense perdre un sol minut, van redactar l'acta de l'aposta. A continuació, Phileas Fogg va signar-los un xec per vint mil lliures que podrien retirar del seu banc si era cas que fracassava.

—Agafaré el tren que surt cap a Dover i Calais[9] a tres quarts de nou del vespre d'avui, dimecres 2 d'octubre —va anunciar—. Preneu-ne nota, senyors, perquè si tot rutlla com espero, em tindreu de tornada en aquest mateix saló a les vuit i quaranta-cinc del vespre del dissabte 21 de desembre.

Després va dir:

—Només són les set de la tarda. Tenim temps de fer una altra partida.

8 juguesca: aposta.
9 Dover és el port anglès més proper a la costa del continent europeu. Només el separen uns 35 quilòmetres del port francès de Calais, situat a l'altra banda del canal de la Mànega. Des d'antic, existeix un servei de transbordadors entre tots dos ports.

Capítol III

Primer, Passepartout i, després, la Gran Bretanya pateixen una commoció

A tres quarts i cinc de vuit, havent guanyat vint guinees[1] al *whist*, Phileas Fogg va tornar a la casa de Saville Row. Aquest fet, que se sortia del programa diari, va alarmar Passepartout.

—Senyor, encara no és la mitjanit! —es va plànyer el xicot, consultant el seu rellotge de butxaca—. No us esperava.

—No et renyaré pas —va tranquil·litzar-lo Phileas Fogg, i va afegir:— Marxem d'aquí a deu minuts cap a Dover i Calais.

—El senyor se'n va de viatge?

—De viatge, sí —va contestar l'amo—. Anem a fer la volta al món.

Passepartout, en aquell moment, va patir una commoció. Va restar paralitzat, amb els ulls oberts com unes taronges, els braços caiguts i els genolls que li feien figa[2], ben bé com si l'hagués tocat un llamp.

1 guinea: antiga moneda britànica. Era d'or, d'un valor una mica superior a la lliura esterlina, i d'ús ben poc corrent.
2 fer figa els genolls: fallar, doblegar-se.

—La volta al món! —va mormolar.

—En vuitanta dies; així que no podem perdre un sol instant. Prepara una bossa amb dues camises de llana i tres parells de mitjons per a cadascú. De camí ja comprarem el que ens faci falta. Agafa també el meu impermeable i la manta de viatge. I posa't unes sabates resistents, tot i que no haurem de caminar gaire. Apa, mou-te!

Passepartout va fer cap a la seva cambra i es va deixar caure a la cadira.

—Jo que volia viure tranquil! —va sospirar.

I tot seguit, sense esma[3], va preparar la bossa. La volta al món en vuitanta dies! Que s'havia tornat boig, l'amo? A ell no li feia res anar fins a Calais. Ja li estava bé visitar la seva pàtria, que no trepitjava des de feia cinc anys. Fins i tot era possible que arribessin a París, i amb gust reveuria la gran capital. «Però l'amo no anirà més enllà, segur!», va dir-se el xicot. «Un home tan casolà com el senyor es cansarà aviat de viatjar.»

I amb aquest pensament que el consolava, va enllestir els preparatius i va baixar al rebedor. Phileas Fogg ja l'hi esperava. Sota el braç, hi duia un exemplar de la *Bradshaw's Continental Railway Steam Transit and General Guide* per a l'any 1872. Aquesta guia, on són consignats els trajectes i els horaris de les principals companyies de ferrocarril i de vaixells de passatge del món, li havia de ser molt útil per programar la seva aventura.[4]

El senyor Fogg va prendre la bossa a Passepartout, hi va ficar un gran feix de bitllets de banc i la hi va tornar amb aquestes paraules:

3 sense esma: maquinalment, sense saber o parar atenció a allò que es fa.

4 La guia de transports *Bradshaw* es va publicar, regularment actualitzada, entre els anys 1839 i 1961. El seu fundador va ser el cartògraf i editor anglès George Bradshaw.

—Tingueu-ne molta cura, perquè a dins hi ha vint mil lliures.

Quina responsabilitat per al xicot, traginar aquella fortuna! Tot d'una la bossa li pesava com si anés carregada d'or!

A la fi van sortir al carrer, van tancar la porta amb clau i van parar un cotxe de punt[5]. A les vuit i vint minuts arribaven a l'estació de Charing Cross. Allà, una pidolaire que duia un infant agafat de la mà, amb els peus descalços i bruts de fang, se'ls va acostar per demanar-los almoina. El senyor Fogg va treure's de la butxaca les vint guinees que havia guanyat al *whist* i les hi va donar.

—Tingueu, bona dona —va dir—. Estic content d'haver-vos trobat.

Aquest acte de generositat, que semblava impossible en un home tan avar en emocions com l'amo, va sorprendre i va emocionar Passepartout.

El francès tenia la llagrimeta als ulls quan va rebre l'ordre d'anar a comprar dos bitllets de primera classe. Aleshores, un grup de cinc homes, els companys de joc del Reform Club, va atansar-se a Phileas Fogg.

—Senyors, marxo —va dir-los aquest—. Els visats[6] que m'aniran posant al passaport us permetran de comprovar, quan torni, l'itinerari que he seguit al voltant del món.

—Oh, no ens calen els visats! —van protestar els companys—. En tenim prou amb la vostra paraula de *gentleman*!

—A mi em sembla millor així —va contestar Phileas Fogg—. Ens tornarem a veure d'aquí a vuitanta dies, a tres quarts de nou del vespre del dissabte 21 de desembre.

5 cotxe de punt: carruatge que antigament feia les funcions de taxi.
6 visat: segell que s'estampa en un passaport i serveix per documentar el pas d'una persona per una frontera determinada.

Eren tres quarts de nou del vespre en punt del dimecres 2 d'octubre, quan el tren es va posar en marxa. Passepartout, dins el vagó en moviment, va fer un crit.

—Què t'agafa? —va demanar-li l'amo.

—És que, amb les presses...

—Què?

—Senyor, amb les presses, m'he oblidat d'apagar el llum de gas de la meva cambra!

—Doncs aquest llum cremarà a càrrec de la teva butxaca —va etzibar-li Phileas Fogg.

Ara que, ben mirat, el senyor Fogg deixava enrere una cosa que cremava amb molta més flama que no el llum de gas de Passepartout: es tractava del país sencer, que va inflamar-se quan la notícia de l'aposta va traspassar les parets del Reform Club i va arribar als diaris.

És ben sabut que els britànics, que voldrien convertir el globus terraqüi en una colònia seva,[7] senten un viu interès per la geografia. Per això no ens ha d'estranyar que la «qüestió de la volta al món», com la van anomenar, comencés a discutir-se apassionadament a totes les tertúlies del Regne Unit.

Al principi, força gent va prendre partit per Phileas Fogg, especialment les dones, que ja se sap que són més obertes de pensament que no els homes i que solen veure-hi més enllà que no aquests. Però, de mica en mica, va anar creixent el nombre dels qui tractaven el senyor Fogg de boig, sobretot a partir del moment que

7 L'imperi colonial britànic va assolir la seva màxima esplendor durant la segona meitat del segle XIX, sota el regnat de la reina Victòria, que va ocupar el tron entre 1837 i 1901.

la Royal Geographic Society[8] va publicar un article en què demostrava que tot estava en contra del viatger.

L'article deia que, per tal que la volta al món pogués ser feta en vuitanta dies, calia que existís una concordança miraculosa entre les hores de sortida i d'arribada dels diferents mitjans de transport. I aquesta concordança podia existir, a tot estirar, a Europa, on els recorreguts són relativament curts i els trens compleixen els horaris amb més o menys exactitud. Però l'exactitud desapareixia quan havies de travessar països tan immensos com l'Índia o els Estats Units. I l'exposició constant a les avaries de les locomotores, als descarrilaments, a les circumstàncies fortuïtes, a les males passades del clima? Per acabar-ho d'adobar, el viatger hauria de travessar els oceans Pacífic i Atlàntic a l'hivern, quan fins i tot els vapors més potents pateixen retards per culpa del mal temps. I n'hi havia prou amb un retard, un de sol, perquè Phileas Fogg perdés el següent transport. En aquest cas, la cadena de comunicacions es trencaria definitivament i el viatge fracassaria.

No cal dir que el debat de la «qüestió de la volta al món» va anar acompanyat d'apostes a favor i en contra del senyor Fogg. El seu nom era pronunciat per les multituds com el d'un cavall de curses. Naturalment, l'aparició de l'article de la Royal Geographic Society va fer que la gran majoria hi apostés en contra i, encara uns dies després, arran d'un cert incident inesperat, ja gairebé ningú no va apostar a favor de Phileas Fogg.

8 La Royal Geographic Society va ser fundada, l'any 1830, a Londres a fi de promoure els estudis geogràfics. Entre els seus membres hi ha hagut científics i exploradors que han fet grans aportacions al coneixement humà, personatges com ara Charles Darwin (1809-1882), pare de la teoria de l'evolució, i David Livingstone (1813-1873), que va explorar l'interior del continent africà.

I quin va ser aquest incident? Heus aquí que, la nit del 9 d'octubre, el cap de la policia de la metròpoli va rebre el telegrama següent:

Suez a Londres.
Persegueixo lladre de banc, Phileas Fogg. Envieu amb urgència ordre d'arrest a Bombai (Índia anglesa).

Detectiu Fix

Aquest telegrama va fer que els agents examinessin la fotografia del senyor Fogg que es guardava a l'arxiu del Reform Club, i que trobessin que s'avenia d'allò més amb la descripció del lladre del Banc d'Anglaterra. Aleshores va ser recordada la misteriosa existència del personatge, la reserva amb què vivia, la manera tan apressada com havia marxat, i va semblar evident que Phileas Fogg tractava de despistar la policia amb l'excusa de fer la volta al món.

De la nit al dia, l'honorable *gentleman* s'havia convertit en un lladregot.

Capítol IV

A Suez coneixem un detectiu d'alló més impacient

Tot seguit explicarem en quines circumstàncies va ser enviat el telegrama que acusava de lladre Phileas Fogg.

El 9 d'octubre de 1872 encara no feia tres anys que havia estat inaugurat, amb gran profit per al tràfic mundial de vaixells, el canal de Suez, que és una obra faraònica que comunica la mar Mediterrània amb la mar Roja i permet d'escurçar, en més de la meitat, l'antiga ruta marítima entre Europa i Àsia pel cap africà de Bona Esperança.[1]

Doncs bé, a la ciutat que dóna nom al canal, en terra egípcia, va fer una breu escala aquell matí el vapor *Mongolia*, procedent del port italià de Bríndisi i amb destinació al port indi de Bombai.

1 Suez és una ciutat egípcia, situada a l'extrem nord-oest de la mar Roja. Si bé existeix des d'antic, va arribar al seu màxim desenvolupament amb la inauguració del canal que porta el seu mateix nom. El canal de Suez va ser inaugurat l'any 1869, després de deu anys d'excavacions en què van treballar desenes de milers d'obrers egipcis i europeus. El fet que tingués una gran importància estratègica va generar nombroses tensions entre Egipte, el territori del qual travessa; França, país al qual pertanyia la companyia impulsora del projecte, i el Regne Unit, que aspirava a controlar l'Orient Mitjà.

Mentre renovava la provisió de carbó, el *Mongolia* es gronxava davant la Suez assolellada, puntejada de minarets que resplendien sota el cel africà. Mariners de molts països i *fellahs*[2] omplien els molls d'animació. Enmig d'aquesta gernació s'hi estava un homenet prim i de rostre astut com el d'una guineu. Estudiava els passatgers que anaven desembarcant del vapor.

L'homenet era el detectiu Fix, un dels agents que havien estat enviats als principals ports del món després del robatori del Banc d'Anglaterra. La seva missió consistia a detectar el lladre, avisar la policia de Londres i seguir el malfactor tot esperant que li enviessin una ordre de detenció.

«Si el lladre ha escollit aquesta ruta i aquest vaixell —anava rumiant el detectiu—, deu ser perquè planeja desembarcar aquí, a Suez, i fugir a les colònies holandeses o franceses d'Àsia. Ben segur que no continuarà a bord del *Mongolia* fins a Bombai, que és territori britànic...»

Aquestes coses rumiava quan un dels passatgers acabats de desembarcar se li va atansar i li va demanar, amb un marcat accent francès, la manera d'arribar al consolat[3] britànic per tal que li posessin el visat al passaport.

Aquell passatger duia el passaport a la mà, i Fix, instintivament, l'hi va prendre i el va examinar:

—Aquest document no és vostre, oi que no? —va preguntar.

—És de l'amo, que s'espera a bord —va contestar el passatger, que no era altre que Passepartout.

2 Paraula àrab amb què es designaven els camperols i els treballadors de classe humil de l'Orient Mitjà.
3 consolat: oficina del cònsol, que és l'encarregat de vetllar pels interessos dels ciutadans d'un determinat país en una ciutat estrangera.

—Doncs digueu a l'amo que, si vol visar el passaport, haurà de presentar-lo personalment. Trobareu el consolat en aquella cantonada de la plaça.

—Al senyor Fogg no li farà cap gràcia haver de baixar a terra —va remugar Passepartout—. Però ja cal que vagi a buscar-lo...

El xicot es va acomiadar amb un cop de cap i va tornar al *Mongolia*. Fix, sense perdre temps, va córrer cap al consolat.

Després d'haver llegit la descripció del passaport de Phileas Fogg, el detectiu s'havia convençut que coincidia amb la del famós lladre del Banc d'Anglaterra. Per això va entrar al despatx del cònsol britànic fregant-se les mans de satisfacció: pensava en la prima de dues mil lliures i en el cinc per cent del botí recuperat!

—Senyor cònsol —va dir—, el nostre lladre viatja a bord del *Mongolia* i ara mateix ve cap aquí perquè li viseu el passaport.

—I per què voldria visar el passaport un home que fuig? —va demanar el cònsol—. Quina necessitat té un lladre de deixar un rastre darrere seu?

—Perquè és un individu astut, ve-t'ho aquí —va contestar Fix—. L'experiència em diu que els passaports només serveixen per molestar les persones honrades i per ajudar els murris[4] a fugir. Veureu que té el passaport en regla, però espero que no el visareu i que retindreu el senyor Fogg mentre demano a Londres una ordre de detenció...

—Senyor Fix, si el passaport és en regla, no tinc cap dret a negarli el visat...

En aquell moment la porta del despatx es va obrir i van entrar dos forasters. El detectiu Fix, ocult en la penombra d'un racó, va

4 murri: persona que fa servir l'astúcia amb mala intenció.

veure que l'un era el francès amb qui havia parlat al moll; l'altre era el lladre Phileas Fogg, que va mostrar el passaport al cònsol i li va demanar amb poques paraules que l'hi visés.

—I doncs, senyor —va fer el cònsol després de fullejar el document—, no sabeu que ja no és obligatori visar el passaport?

—Ho sé, senyor —va contestar Phileas Fogg—, però voldria que el vostre segell donés fe del meu pas per Suez.

—Si és el que voleu... —va dir el cònsol, i va estampar el segell i la data en el passaport.

Uns segons després, amo i criat abandonaven el despatx. El detectiu, sortint de les ombres, va preguntar al cònsol:

—No creieu que aquest *gentleman* s'assembla en tot al lladre que descriu l'informe policial?

—Podria assemblar-s'hi —va admetre el cònsol—. Però no us podeu refiar només d'una descripció.

—Teniu raó. Cal que n'estigui del tot segur. Penso estirar la llengua al criat, i com que és francès, no es podrà estar de xerrar...

Un cop al carrer, el senyor Fogg va enviar Passepartout a comprar una mica de roba i va tornar al *Mongolia*. Es va tancar a la seva cabina i va escriure unes anotacions en el quadern de viatge on consignava les hores de sortida i arribada de cada mitjà de transport que anava agafant, i el temps que invertia en cada etapa. Des de la sortida de Londres tot havia anat com una seda i havia arribat a Suez segons el calendari previst, en set dies exactes, sense guany ni pèrdua de temps.

Enllestit aquest càlcul tan satisfactori, Phileas Fogg es va fer portar el dinar a la cabina i, com que era un home més aviat gens curiós, ni se li va acudir de visitar la ciutat.

Capítol V

Passepartout xerra una mica massa, però el viatge segueix el seu curs

En l'entretant Phileas Fogg dinava, Passepartout passejava i badava pels molls.

—I què, amic meu —se li va apropar el detectiu Fix—, preneu vistes del país?

—Aprofito l'estona, sí —va contestar el francès—. Viatgem tan de pressa que em sembla que visc en un somni. Així doncs, som a Suez?

—A Suez, això mateix.

—A Egipte?

—A Egipte, sí.

—I a l'Àfrica?

—A l'Àfrica, certament.

—A l'Àfrica! —es va admirar Passepartout—. Imagineu-vos, senyor, que em pensava que no aniríem més enllà de París. I aquesta famosa capital només la vaig veure a través dels vidres del cotxe, mentre ens afanyàvem a canviar d'estació per agafar el tren de Bríndisi!

—Doncs sí que teniu pressa...

—El meu amo, en té! Ja cal que corri a comprar camises i mitjons, i torni al vaixell. Només faltaria que salpés sense mi!

—Aneu bé de temps —va fer el detectiu—. Encara no són les dotze.

—Les dotze? —Passepartout va consultar el seu gran rellotge de butxaca—. De cap manera! Són les nou i cinquanta-dos minuts.

—Ja veig que conserveu l'hora de Londres. Hauríeu de pensar a ajustar el rellotge a l'hora de cada país. A mesura que viatgeu cap a l'est, l'hora s'avança.

—M'aconselleu que potinegi aquest rellotge que vaig heretar del besavi? —Passepartout va arrufar el nas—. Mai de la vida! És un rellotge excel·lent, un cronòmetre de primera!

I dient això, va tornar el rellotge a la butxaca. Fix es va arronsar d'espatlles i va continuar subtilment l'interrogatori.

—Així, vau marxar de Londres de pressa i corrent?

—A tot córrer, ja us ho he dit! Ara fa una setmana, l'amo va tornar a casa abans d'hora, i al cap d'un moment sortíem disparats per fer la volta al món.

—I ara! La volta al món? —el detectiu va fer uns ulls com dues taronges; allò no s'ho esperava.

—La volta al món, sí, i en vuitanta dies! L'amo diu que es tracta d'una juguesca, però jo no me'l crec gaire. Tot plegat és massa esbojarrat.

—El senyor Fogg sembla una persona ben original. M'imagino que deu ser ric, també.

—Viatja amb una fortuna, és veritat, i en bitllets nous de trinca. I no mira en la despesa. Als maquinistes del *Mongolia* els ha promès una prima si arribem a Bombai abans de la data prevista.

—I fa temps que el coneixeu, el senyor Fogg?

—No gaire —va contestar Passepartout—. Vaig començar a treballar per a ell unes hores abans de partir.

D'aquesta manera, amistosament i amb astúcia, el detectiu Fix va anar estirant la llengua del bon jan de Passepartout. Quan el va deixar comprant camises i mitjons en un basar[1], havia esbrinat prou coses de Phileas Fogg per arribar a una conclusió.

La sortida precipitada de Londres poc després del robatori del banc, la fortuna d'origen incert amb què viatjava, aquella pressa per fer una volta al món que més aviat semblava una excusa, tot plegat eren, per al policia, raons més que suficients per acusar el *gentleman* de lladre.

I si li haguéssiu preguntat per quina raó voldria un lladre deixar constància del seu pas per Suez, i com era que pensava continuar el viatge cap a Bombai, on la policia britànica podia detenir-lo, us hauria contestat que no ho sabia, però que estava segur que el senyor Fogg era un murri i en duia alguna de cap.

Així va anar que es plantés a l'oficina del telègraf i enviés a Londres el telegrama que ja coneixem, sol·licitant una ordre d'arrest a Bombai. Després es va afanyar a embarcar-se al *Mongolia*, portant un equipatge lleuger i alguns diners.

La major part dels passatgers del vapor eren funcionaris i militars que anaven a servir a la colònia britànica de l'Índia. Tots gaudien d'un bon sou i a bord es vivia luxosament. Les dames es mudaven el vestit dues vegades al dia, i al vespre s'hi feia música i s'hi ballava, sempre que la mar Roja ho permetés.

1 basar: nom amb què es coneixen els mercats públics a l'Orient Mitjà.

Perquè aquesta és una mar difícil. Per la seva forma allargada i estreta, s'embraveix fàcilment quan bufen els vents de la costa d'Àsia o d'Àfrica. Aleshores les naus balandregen[2] terriblement, i als salons els pianos callen i s'interrompen els balls. Amb tot, el *Mongolia*, empès per la maquinària potent, solcava les aigües sense retard i rumb al sud.

I Phileas Fogg, què feia durant el viatge? Podem pensar que patia que el vent o l'onatge alentissin la navegació i posessin en perill l'èxit de la seva volta al món. Però, si aquest era el cas, de cap manera no ho demostrava. Romania tan impassible com els cronòmetres de bord. Rarament se'l veia a coberta i no feia cap esforç per contemplar aquelles ribes i ciutats tan plenes de records dels primers temps de la humanitat. Es conformava a engolir tranquil·lament els quatre àpats diaris i a jugar al *whist* amb els altres passatgers.

Quant a Passepartout, el viatge li provava. Menjava bé i dormia millor, descobria noves terres i tractava de convèncer-se que aquella aventura esbojarrada acabaria a Bombai.

L'endemà d'abandonar Suez, va coincidir a coberta amb el detectiu Fix.

—Amic meu —el va saludar—, quina alegria tenir-vos a bord! I cap on aneu?

No cal dir que el bon jan del francès desconeixia que aquell home tan trobadís[3] fos policia.

—A Bombai, igual que vós —va contestar el detectiu—. Treballo per a una companyia comercial, faig negocis. I el senyor Fogg? Que potser l'afecta el mareig? No el veig mai a coberta.

2 balandrejar: gronxar-se.
3 trobadís: fàcil de trobar.

—Oh, l'amo està la mar de bé i menja com un ogre.

—I no sabeu pas, per casualitat, si el vostre amo és un home d'Estat, si la seva volta al món en vuitanta dies no amaga cap missió secreta... alguna missió diplomàtica[4], per exemple?

—De tot cor us dic que no ho sé, amic Fix. I m'estimo més no saber-ho. No m'agraden els maldecaps.

Aquesta va ser la primera de moltes converses entre Fix i Passepartout. I en els dies que van seguir, bo i passejant per coberta, o fent un got de whisky al bar, el detectiu es va anar guanyant la confiança del criat.

Mentrestant, el *Mongolia* navegava a bon ritme. La nit del 13 va travessar l'estret de Bab al-Mandab, que en àrab vol dir 'La porta de les llàgrimes', i es va endinsar en la mar d'Aràbia.[5] L'endemà va fer escala a Aden[6] per tornar a carregar combustible. Aquesta ciutat, que avui és colònia britànica, com tantes altres ciutats estratègiques de la ruta marítima de l'Índic, Phileas Fogg va trepitjar-la el temps just per fer-se visar el passaport. En canvi, Passepartout va dedicar-hi una bona visita. El van admirar d'allò més la barreja d'africans, àrabs, jueus i europeus, i també les fortificacions que fan d'Aden la Gibraltar de la mar Aràbiga.

—Molt interessant! Molt interessant! —es deia el xicot mentre tornava a bord—. M'adono que viatjar és útil per veure coses noves!

El dia 15, el *Mongolia* tornava a la mar. Els mariners, esperonats[7] per la prima promesa per Phileas Fogg, feien treballar de valent les

4 missió diplomàtica: missió que té com a objectiu negociar algun afer entre dues nacions.
5 Reben el nom de mar d'Aràbia les aigües de les ribes nord-occidentals de l'oceà Índic.
6 La ciutat d'Aden, possessió britànica entre 1839 i 1967, pertany actualment a la República del Iemen i és la principal estació de tràfic de petroli al sud de la mar Roja.
7 esperonar: estimular.

màquines, i com que el vent del nord-oest era favorable, van hissar les veles per ajudar el vapor. Van arribar a Bombai cap al migdia del diumenge 20 d'octubre, dos dies abans de la data prevista.

Phileas Fogg, molt satisfet, va anotar aquest guany de temps en el seu quadern de viatge.

Capítol VI

Passepartout perd les sabates, però surt airós d'un mal pas

Ningú no ignora que el Regne Unit voldria convertir-se en l'amo d'aquest subcontinent que anomenem Índia. Però, ara com ara, i després de més d'un segle de conquestes per mitjà de les armes i la diplomàcia, el domini dels britànics no arriba més enllà de la meitat del territori. Això vol dir que la independència hindú és absoluta a les contrades més inaccessibles de l'interior, que encara avui són governades per rajàs[1] que tenen fama de ferotges i terribles.[2]

Amb tot, als territoris sotmesos a l'autoritat de la reina Victòria, els costums, les relacions entre ètnies, i fins i tot el paisatge i els mitjans de transport, tendeixen a modificar-se. Avui dia, moderníssims vaixells de vapor solquen a gran velocitat les aigües dels rius sagrats,

1 rajà: príncep hindú.

2 Els primers europeus a arribar a l'Índia van ser els portuguesos, que al segle XVI ja monopolitzaven el comerç entre aquest vast territori i Occident. Al segle següent va començar la colonització per part d'holandesos, francesos i britànics. Però van ser aquests darrers els qui es van acabar imposant i expandint els seus dominis, utilitzant sempre en profit seu les rivalitats entre els nombrosos prínceps hindús. El territori indi no es va independitzar del Regne Unit fins l'any 1947.

i un ferrocarril travessa l'Índia de costa a costa i posa la ciutat de Bombai[3] a només tres dies de la ciutat de Calcuta.

Doncs aquest és el ferrocarril que els nostres viatgers havien d'agafar per continuar la seva volta al món. Eren dos quarts de cinc de la tarda quan van desembarcar del *Mongolia* i van posar els peus al moll de Bombai. El tren cap a Calcuta sortia a les vuit en punt.

El senyor Fogg va encomanar a Passepartout que comprés més camises i mitjons, va anar a visar el passaport i, tot seguit, amb aquella manera seva de caminar, reposada i matemàtica com la d'un pèndol, va fer via cap a l'estació. Cap de les meravelles de Bombai que li sorgien al pas no li interessava: ni l'ajuntament, ni les fortificacions, ni el mercat de cotó, ni els basars, ni les mesquites, ni les sinagogues, ni les esglésies, ni els nombrosos i antiquíssims temples hindús amb les seves torres poligonals. Phileas Fogg hi va passar de llarg per anar a seure al restaurant de l'estació i demanar el sopar.

—Esteu segur que això és estofat de conill? —va preguntar al *maître*[4], després d'haver tastat el plat que li havien posat al davant.

—I tant, milord[5] —va ser la resposta—; estofat de conill de la jungla.

—I aquest conill no ha miolat quan el mataven?

—Miolar, milord? Un conill? Us juro que...

—No jureu, *maître* —va grunyir Phileas Fogg—, i recordeu que antigament, a l'Índia, els gats se'ls considerava animals sagrats. Eren els bons temps.

3 Bombai, a la costa occidental de l'Índia, és el port més important del país i la seu d'una potent indústria química, tèxtil i cinematogràfica (la coneguda Bollywood). Va ser colònia portuguesa abans que britànica.
4 *maître*: en un restaurant, el cap dels cambrers.
5 milord: tractament que es dóna, a la Gran Bretanya, als lords o senyors de l'alta noblesa.

—Per als gats, milord?

—I també per als viatgers!

Després de renyar aquell *maître* bergant, el senyor Fogg va continuar mastegant el seu conill de la jungla amb tota la tranquil·litat del món.

En el mateix moment, parlant amb el cap de la policia de Bombai, hi trobaríem el detectiu Fix. Havien rebut de Londres l'ordre d'arrest de Phileas Fogg? No havien rebut res, i al cap i a la fi, si l'ordre havia estat enviada, encara no podia haver arribat.

Davant d'aquesta resposta, Fix va quedar bastant decebut i va demanar que arrestessin igualment el senyor Fogg. Però el cap de la policia s'hi va negar. Aquell afer corresponia a la policia londinenca, va dir, i ell no tenia poders per actuar.

Fix ja no va insistir. Comprenia que havia de resignar-se a esperar l'ordre, i també que havia d'estar preparat per perseguir el seu malfactor si aquest reprenia la fugida.

Mentrestant, Passepartout recorria la ciutat, comprava mitjons i camises, i començava a acceptar que Bombai, així com París, no seria la fi del viatge. Encara més, començava a creure que l'aposta de l'amo anava de bon de veres, i ja es veia arrossegat —ell, que només aspirava a una vida reposada!— a fer la volta al món en vuitanta dies.

Als carrers, s'hi atapeïa una multitud, barreja de totes les races de l'Índia, Europa i l'Extrem Orient. Justament aquell dia, els parsis, que són descendents d'antics immigrants perses i estan considerats els més treballadors i més emprenedors dels hindús, celebraven una processó.[6]

6 Els parsis, tal com explica Jules Verne, són descendents d'immigrants perses que van arribar a l'Índia al segle VII, fugint de la conquesta musulmana de l'Iran. La seva religió és la mazdeista, fundada per Zaratustra o Zoroastre, i formen un grup benestant d'homes de negocis i intel·lectuals, molt influent en l'Índia actual.

Les baiaderes[7] dansaven al so de les violes i els tamborins, i el perfum exòtic que exhalaven, i els seus vestits de gasa tan fins i ricament brodats, exercien en Passepartout una mena d'encanteri.

No cal descriure aquí la manera com el bon francès se les mirava amb els ulls com plats, ni el posat embadalit que feia mentre les seguia carrers enllà. La curiositat és una virtut que, a voltes, pot esdevenir un defecte, i en el cas de Passepartout, aquell dia en concret, va estar a punt de comprometre el viatge de Phileas Fogg.

En efecte, després d'haver assistit a la processó dels parsis, quan ja s'encaminava a l'estació, el xicot va passar per davant del temple de Malabar Hill.[8] Va trobar-lo tan admirable, que no va poder resistir la temptació d'entrar-hi.

Però Passepartout ignorava dues coses: la primera, que hi ha temples hindús als quals els cristians tenen prohibit d'entrar, i la segona, que ningú no hi pot entrar sense treure's les sabates. A més a més, com que el govern britànic no vol enemistar-se amb els poderosos sacerdots, respecta i fa respectar fins al més petit detall la religió del país, i castiga amb duresa els qui l'ofenen.

Doncs Passepartout, desconeixent aquestes coses, va fer cap a l'interior del temple. I encara no havia vist gran cosa quan va rebre una empenta que el va fer rodolar pel sagrat paviment. Tres sacerdots, amb els ulls encesos de fúria, l'havien envoltat i tractaven d'arrencar-li les sabates i els mitjons, alhora que l'atonyinaven[9] sense miraments.

7 baiadera: ballarina i cantant hindú; la paraula prové del mot portuguès *bailadeira* 'ballarina'.
8 Malabar Hill és un turó urbanitzat de la ciutat de Bombai, conegut perquè acull el temple de Walkeshwar, dedicat a Xiva. Aquest déu forma part de l'anomenada *trinitat hindú*, representada pels tres déus principals, que són Brahmā el Creador, Vixnu el Preservador, i Xiva el Destructor.
9 atonyinar: apallissar.

Però el francès, que era àgil i vigorós, es va alçar d'una revolada i s'hi va tornar. D'un cop de puny i una guitza[10] va tombar dos dels adversaris i va fugir com el vent. Aviat va deixar enrere el tercer sacerdot, que el perseguia ensopegant amb la llarga vestimenta i esvalotant la multitud dels carrers.

Quan per fi va arribar a l'estació, anava descalç, sense barret i sense la roba que havia comprat. I faltaven cinc minuts perquè sortís el tren.

—És evident que t'has ficat en un embolic —el va rebre Phileas Fogg; i sense alçar la veu ni demostrar curiositat, es va limitar a afegir:— Espero que no tornarà a passar.

El pobre criat s'hauria estimat més una esbroncada que aquella rebuda tan freda, i un cop al compartiment del vagó va tractar d'explicar què havia passat. L'amo, però, semblava que no escoltés.

Qui sí que parava l'orella era el detectiu Fix, que s'amagava al compartiment del costat. I Fix, quan va conèixer la peripècia de Passepartout, va decidir que, de moment, no calia que seguís el seu lladre fins a Calcuta. Es va afanyar a baixar del tren tot mormolant:

—Em quedo. Aquest francès sapastre[11] ha comès un delicte en territori hindú... Ja tinc la manera de retenir el seu amo!

Aleshores la locomotora va xiular i el tren va desaparèixer en la nit.

10 guitza: cop de peu.
11 sapastre: murri, que no és de fiar.

Capítol VII

Phileas Fogg compra una muntura a un preu exorbitant

El tren havia sortit a l'hora reglamentària. Amb els nostres viatgers seia el general sir[1] Francis Cromarty, que havia estat company de *whist* del senyor Fogg durant la travessia de Suez a Bombai.

Sir Francis anava a reunir-se amb les seves tropes. Pertanyia a aquella classe d'anglesos que, com que han viscut sempre a l'Índia, coneixen molt millor aquest gran país que no la seva pàtria, i si Phileas Fogg li ho hagués demanat, el general l'hauria instruït gustosament sobre els costums i la història del poble hindú. Però Fogg ni preguntava ni s'interessava per res. Podríem dir que no viatjava, sinó que descrivia una circumferència, així com un cos pesant que orbités al voltant del globus terrestre.

Per al general, aquesta actitud era incomprensible. La manca de curiositat de Phileas Fogg per tot allò que l'envoltava, i la indife-

1 sir: tractament que es dóna, a la Gran Bretanya, als cavallers o senyors d'alta categoria social.

rència envers la resta de la humanitat que demostrava, empenyien sir Francis a preguntar-se si sota la pell freda del *gentleman* hi bategava una ànima sensible a les coses d'aquest món. De tant en tant, provava d'encetar una conversa que el desinterès del senyor Fogg extingia ràpidament. En un darrer intent, sir Francis va dir:

—L'aventura del vostre criat, senyor, us hauria pogut costar un disgust.

En aquell moment, Passepartout dormia profundament amb els peus nus embolcallats amb la manta de viatge. Sir Francis va continuar:

—El govern britànic és molt sever amb aquesta mena de delictes. Vol que els costums religiosos del país siguin respectats, i si haguessin arrestat el vostre criat...

—Si l'haguessin arrestat, sir Francis —el va tallar el senyor Fogg—, l'haurien condemnat, hauria complert la pena i després hauria tornat tranquil·lament a Europa. Aquest assumpte no m'hagués afectat per res.

Amb una resposta com aquesta, la conversa es va extingir de bell nou, mentre el tren continuava el seu camí a través del cor de l'Índia.

En el llarg trajecte de costa a costa que havia de durar tres dies, la locomotora, conduïda per un maquinista anglès i alimentada amb hulla[2] anglesa, anava abocant el seu fum blanc sobre una estesa de camps de cotó, cafè, nou moscada, pebre i clau.[3]

2 Aquesta mena de carbó mineral, per la seva abundància i el seu alt poder calorífic, va ser la més emprada durant la Revolució Industrial. S'utilitzava com a combustible en les màquines de vapor i en la indústria de l'acer, i també per obtenir gas ciutat com el que cremava al llum de la cambra de Passepartout.
3 El cotó, el cafè i sobretot les espècies, que assolien un alt preu als mercats europeus, van ser la principal raó que va empènyer les potències occidentals a colonitzar els territoris asiàtics.

Vorejava poblets coronats per les torres de les mesquites o dels temples hindús; s'endinsava en les selves habitades pel tigre i la serp, que fugien espaordits pel brogit de la màquina; i escalava serralades on el domini britànic amb prou feines significa res i hi campa una gent ferotge, orgullosa dels seus costums i la seva independència.

Passepartout s'ho mirava tot amb el nas enganxat a la finestra i se'n feia creus[4]. Li costava tant convèncer-se que travessava l'Índia! I amb tot, la seva manera de pensar havia començat a canviar. El temperament aventurer de la seva joventut reapareixia i l'engrescava. Ara creia fermament que l'aposta de l'amo anava de bon de veres. Creia en la volta al món, se'n sentia part interessada i desitjava de tot cor que poguessin fer-la en vuitanta dies. Però com que no tenia aquells nervis d'acer de Phileas Fogg, patia una cosa de no dir. Comptava i recomptava el pas de les hores, i s'impacientava cada vegada que el tren s'aturava en una estació.

Però una cosa no havia canviat en la seva actitud: malgrat el consell que el detectiu Fix li havia donat a Suez, i malgrat que sir Francis Cromarty també va donar-li el mateix consell en el tren, per res del món no estava disposat a ajustar el rellotge del besavi als diferents horaris locals. El xicot, tossut, mantenia l'hora de Londres. De tota manera, era una mania ben innocent que no podia fer mal a ningú.

De manera que el seu rellotge marcava les quatre de la matinada quan, a les vuit del matí del dia 22, el tren es va aturar al llogaret[5] de Kholby. Allò era una gran clariana enmig de la selva,

4 fer-se creus d'alguna cosa: admirar-se o estranyar-se davant de quelcom extraordinari o increïble.
5 llogaret: poble petit.

amb un grapat de cabanes per als nadius i els obrers del ferrocarril, i uns quants bungalous[6] on residien els enginyers.

El revisor va saltar a terra i va recórrer el costat dels vagons anunciant que havien arribat a la fi del trajecte. Els nostres viatgers es van mirar, estranyats perquè Kholby no era Calcuta i perquè la fi del trajecte estava prevista per a l'endemà.

—Que feu broma, senyor revisor? —va demanar sir Francis Cromarty des de la finestra.

—No, senyor. La via encara no està acabada. Falta construir un tram de cinquanta milles[7] entre aquest punt i la ciutat d'Allahabad, on la via continua.

—Doncs no és això el que diuen els diaris! —va protestar el general.

L'altre es va arronsar d'espatlles i va dir:

—De vegades, senyor, els diaris s'equivoquen. Deveu ser els únics passatgers que no sabien que a Kholby cal buscar-se un altre transport fins a Allahabad.

Sir Francis Cromarty estava furiós, i pel que fa a Passepartout, hauria apallissat gustosament el maquinista. Però el senyor Fogg no va perdre la calma en cap moment.

—Buscarem un mitjà per sortir de Kholby —va dir.

—Se us veu molt tranquil, senyor —va observar el general—. Que no us perjudica aquest retard?

—De cap manera. Vaig avançat dos dies al calendari previst. Hi ha

6 El bungalou (en anglès, *bungalow*) és un tipus de casa d'una sola planta, amb porxo als quatre costats, que solien utilitzar els europeus que vivien a l'Índia. El mot té com a base la paraula hindú *bangla* 'Bengala', una regió del nord-est del país; podríem dir, doncs, que significa «casa a l'estil de Bengala».
7 La milla anglesa o terrestre equival a 1.609,3 metres. Per tant, la distància entre Kholby i Allahabad és d'uns 80 quilòmetres.

un vapor que surt de Calcuta cap a Hong Kong el 25. Avui és 22 i arribarem a temps per agafar-lo. Som-hi.

Ara bé, la resta de passatgers, sabedors que el tren s'aturava a Kholby, s'havien afanyat a llogar els vehicles de tota mena que hi havia a l'indret: carretes tirades per zebús —que són una raça de bous amb gep—, carros immensos semblants a temples sobre rodes, i també ponis i palanquins[8]. D'aquí que ni el senyor Fogg ni sir Francis no tinguessin èxit en la seva recerca. I el primer ja estava decidit a reprendre el viatge a peu, quan Passepartout es va presentar d'allò més content, fent saltirons sobre un parell de babutxes acabades de comprar, guarnides amb brodats i perles falses, i anunciant que havia trobat un altre mitjà de transport: un elefant.

La bèstia, un mascle formidable, estava encadenada dins d'un espaiós corral. El seu propietari tenia pensat destinar-la a la lluita i li havia començat a modificar el caràcter, de natural pacífic, per conduir-la a aquell paroxisme[9] de ràbia que al país anomenen *mutsh*, la qual cosa, per sorprenent que ens pugui semblar, s'aconsegueix amb èxit alimentant l'elefant amb sucre i mantega durant tres mesos.

Sortosament per al senyor Fogg, la dieta tot just havia començat i el *mutsh* encara no s'havia manifestat. Si llogava aquell elefant, que es deia Kiouni, tenia assegurada una marxa a bon pas i en quinze hores podia plantar-se a Allahabad.

Ara bé, els elefants són cars a l'Índia, perquè rarament es reprodueixen en captivitat i cal caçar-los, i de tant caçar-los cada dia n'hi ha menys en llibertat. D'altra banda, només els mascles són bons per

8 palanquí: llitera o cadira, de vegades coberta, portada per dos o quatre homes.
9 paroxisme: fase de màxima intensitat d'un atac o malaltia.

fer-los lluitar, de manera que l'amo de Kiouni es negava rotundament a separar-se'n.

Tanmateix, el senyor Fogg va insistir a llogar-li l'animal i li va oferir un preu, prou excessiu, de deu lliures l'hora. L'amo va fer que no. Vint lliures? De cap manera. Quaranta lliures? Una altra negativa.

El senyor Fogg, però, no estava disposat a perdre la seva aposta. Aconseguiria l'elefant encara que hagués de pagar vint vegades el seu valor real...

—Escolteu-me —va proposar—: us compro l'animal per mil lliures.

Arribats a aquest punt, un guspireig de cobdícia va trair els ulls de l'indi. Era ben clar que ja només es tractava d'una qüestió de preu.

—Mil dues-centes lliures... —va oferir-li Phileas Fogg—. Mil quatre-centes... Mil sis-centes...

Quan per fi van tancar el tracte per dues mil lliures, Passepartout estava pàl·lid de l'emoció i sir Francis Cromarty, sense adonar-se'n, s'havia mossegat els llavis.

—Per les meves babutxes! —va exclamar el francès—. Si que és cara la carn d'elefant!

Però ja tenien transport i ràpidament van trobar un *mahut*, que és com en diuen dels conductors d'elefants. Es tractava d'un jove de raça parsi, coneixedor del territori i prou intel·ligent, que es va oferir a portar-los per una tarifa raonable. El senyor Fogg, per pròpia voluntat, va incrementar aquesta tarifa amb un bon grapat de lliures, bo i esperant que així agusaria[10] encara més la intel·ligència del guia.

Finalment, tan bon punt van tenir Kiouni arreat[11] i carregat amb alguns queviures, es van posar en camí.

10 agusar: en aquest context, augmentar la perspicàcia.
11 arreat: un animal de tir amb els arreus, és a dir, els guarniments.

Capítol VIII

Al cor de la selva, els viatgers ensopeguen amb una deessa espantosa

Per tal d'escurçar el camí, el *mahut* es va allunyar del traçat de la futura via del tren, que discorria fent una gran volta, i els va conduir a través de la selva. Phileas Fogg i sir Francis Cromarty viatjaven ficats fins al coll en dos grans coves penjats a banda i banda de l'elefant. A cada passa patien una sotragada, i amb prou feines parlaven perquè quasi no es veien entre ells, però suportaven el trot amb aquella flegma anglesa tan admirable.

Quant a Passepartout, seia al llom de l'animal, darrere del guia, i patia doblement les sotragades. Ara i adés[1] era projectat en l'aire i feia tombarelles com un pallasso en un trampolí, i aleshores reia i feia broma, procurant no obrir gaire la boca per por de mossegar-se la llengua.

Aviat van començar a enfilar-se pel vessant sud de la serralada inhòspita de Vindhya.[2] La selva espessa va donar pas a un bosc cada cop

1 ara i adés: de tant en tant.
2 Aquesta serralada, de muntanyes de perfil arrodonit que no superen els 1.100 metres d'altitud, s'estira d'est a oest durant uns 1.000 quilòmetres i separa geogràficament l'Índia del nord de l'Índia del sud.

més esclarissat que, muntanya amunt, va convertir-se en una gran extensió àrida, eriçada d'arbrissons espinosos i sembrada de grans blocs de roca vermella. Aquesta serralada de Vindhya, que no gaires viatgers han visitat, és encara sota la influència dels rajàs que s'oposen al domini britànic, i les gents que l'habiten són poc amistoses i es mantenen fidels a les pràctiques més salvatges de la religió hindú.

Tot i que el parsi tractava d'evitar els indrets poblats, sovint van veure al lluny grups d'indígenes que els escridassaven amb ferotgia. Però val a dir que la jornada va transcórrer sense emocions, llevat de les que proporcionaven a Passepartout, sempre disposat a riure i aplaudir, alguns micos que fugien al pas de l'elefant, gesticulant i fent ganyotes.

Al vespre, havent creuat la cresta més alta de la serralada, van davallar cap a la selva i es van arrecerar[3] en un bungalou abandonat. Esgotats com estaven per la llarga cavalcada al llom de l'elefant, no van trigar a despatxar el sopar i a embolcallar-se amb les mantes, vora el foc. Només el *mahut* va romandre despert. Feia guàrdia al costat de Kiouni, que s'havia adormit dempeus, repenjat al tronc d'un gran arbre.

La nit va ser tranquil·la. Alguns rugits de panteres negres[4] torbaven el silenci, barrejats ara i adés amb els xiscles aguts dels micos. Però les feres no es van acostar al recer, i a punta d'alba, ja eren tots llevats, impacients per arribar aquell mateix vespre a Allahabad.

Va semblar que també la segona jornada havia de transcórrer sense incidents. Tanmateix, eren les quatre de la tarda quan van sen-

3 arrecerar-se: posar-se a recer, és a dir, a l'abric, d'alguna cosa.
4 Es tracta d'una varietat negra del lleopard, pròpia del subcontinent indi. El nom científic del lleopard és *Panthera pardus.*

tir una remor de veus i d'instruments de coure que se'ls atansava a través de la selva. Aleshores, obeint el consell prudent del guia, es van afanyar a amagar-se en l'espessor de l'arbreda. Poc després van veure passar, a un tret de pedra d'on s'estaven, una processó.

Al capdavant marxaven els sacerdots, engalanats amb les seves túniques i seguits per una multitud d'homes, dones i nens que entonaven una mena de cançó fúnebre al so dels címbals[5] i els timbals. A continuació venia un gran carro tirat per quatre zebús. Les immenses rodes, amb els radis esculpits en forma de serps entrellaçades, grinyolaven sota el pes d'una estàtua espantosa que tenia quatre braços i el cos tenyit de vermell fosc. Els ulls li sortien de les conques i la llengua li penjava per damunt d'uns llavis del color de la sang. Al voltant del coll duia un collaret de caps de mort i, al voltant dels malucs, un cinturó de mans tallades. Amb els peus trepitjava el cos d'un gegant.

Sir Francis va reconèixer l'estàtua i va xiuxiuejar:

—És Kali, la deessa de l'amor i de la mort.[6]

—De la mort, prou que es veu —va remugar Passepartout—; però, de l'amor, mai de la vida! Quin espantall[7] de dona!

El parsi va implorar-los, per l'amor de les seves vides, que s'estiguessin en silenci.

Al voltant de l'estàtua, dansaven i feien contorsions una colla de vells faquirs, amb els cossos esquelètics untats d'argila i la carn hor-

5 címbals: platerets.
6 La deessa Kali, la Negra o la Terrible, representa certament la mort, però alhora té un vessant maternal i tendre. És l'esposa de Xiva, déu de la destrucció, que és l'únic capaç d'asserenar-la en els seus rampells de fúria. Per exemple, sovint se li apareix en forma de nounat que plora, de tal manera que desperta en ella els instints maternals. D'altres vegades, ni tan sols Xiva pot aturar-la, i aleshores Kali el fa caure i li salta al damunt. El gegant al peu de l'estàtua representa Xiva.
7 espantall: cosa que provoca espant.

riblement ferida per tot de talls sagnants. És sabut que aquests individus, de vegades, arriben a un grau tal de fanatisme que es precipiten sota les rodes del carro de la terrible deessa de la mort.

Al darrere, marxava un altre grup de sacerdots, arremolinats a l'entorn d'una noia de pell més clara, vestida com una reina i tota enjoiada. Tancava la processó una guàrdia d'homes armats amb sabres i pistoles, que transportaven un cadàver en un palanquí. Era el cos d'un ancià, amortallat[8] amb la roba sumptuosa d'un rajà.

—Ara ho entenc —va xiuxiuejar sir Francis un altre cop—. Es tracta d'un *sutty*!

El parsi va assentir amb el cap i va tornar a demanar silenci. Només quan la processó va desaparèixer arbres enllà, Phileas Fogg va preguntar:

—Què és un *sutty*?

—Un *sutty*, senyor Fogg —va contestar el general—, és un sacrifici humà, però un sacrifici voluntari. La jove que hem vist passar serà cremada viva demà a l'alba.

—I el cadàver?

—És el del seu marit, el rajà —va aclarir el guia.

—I dieu que cremaran viva la noia? Quins salvatges! —va bufar Passepartout.

En canvi, la veu del senyor Fogg no reflectia cap emoció quan va demanar:

—I nosaltres, els britànics, no hem pogut destruir un costum tan bàrbar?

8 amortallat: embolcallat amb la mortalla, la roba o el llençol amb què es vesteix un difunt.

—A la major part de l'Índia fa temps que ja no es fan sacrificis humans —va respondre el general—, però no tenim cap influència en aquest territori salvatge...

—La infeliç! —hi va tornar Passepartout—. Cremada viva!

—Si la jove no acceptés el sacrifici —va explicar sir Francis—, tothom la rebutjaria, fins i tot els seus parents. Li afaitarien el cap, la considerarien una criatura immunda i acabaria morint de fam en qualsevol racó, talment com un gos sarnós. És aquest futur horrible, més que no l'amor o el zel religiós, allò que empeny les vídues a acceptar la mort.

—Però la jove que acabem de veure no vol morir —va afegir el guia—. En aquestes contrades, tots coneixem la seva història.

—Doncs a mi no m'ha semblat que s'hi resistís —va observar sir Francis.

—Perquè l'han drogada. Ara la porten al temple de Pillaji, on passarà la nit mentre espera el sacrifici.

I dit això, el guia va fer el gest de preparar-se per reprendre el camí. Però Phileas Fogg va manar-li que s'aturés, va mirar sir Francis Cromarty i va preguntar:

—Què us sembla si salvem aquesta dona? Conservo un avantatge de dotze hores sobre el calendari previst, i penso que podria dedicar-les a fer una bona acció.

—Valga'm Déu! —va exclamar el general—. Així doncs, sou un home de cor!

—De vegades —va contestar Phileas Fogg—. Quan tinc temps.

Capítol IX

Passepartout demostra que la fortuna somriu als audaços

Es tractava d'una missió agosarada i plena de dificultats, que podia comportar el fracàs del viatge del senyor Fogg o un daltabaix encara més greu. Però el *gentleman* estava ben decidit a portar-la a terme. Comptava amb el suport incondicional de sir Francis Cromarty i de Passepartout. En aquell mateix moment, el francès no hauria vacil·lat a seguir l'amo fins a l'infern, perquè, igual que el general, pressentia una ànima sota l'embolcall glacial de Phileas Fogg i començava a apreciar-lo de debò.

Quant al guia, va oferir-se amb aquestes paraules:

—Honorables senyors, jo sóc parsi i aquesta dona també ho és. Podeu disposar de mi. Però, abans, heu de saber que no hi arrisquem només la vida, sinó que ens exposem a turments esgarrifosos si ens capturen.

Amb tot, la decisió ja estava presa i ningú no es va fer enrere.

Com que el temple de Pillaji no era gaire lluny, van preferir continuar amagats esperant que arribés la nit, mentre el guia els parlava de la malaurada[1] víctima. El seu nom era Aouda i era una noia de gran bellesa, filla d'uns rics comerciants de Bombai. En aquesta ciutat havia rebut una educació completament anglesa, i per les seves maneres i coneixements, podia passar per europea. Recentment, però, havia quedat òrfena i els seus tutors l'havien obligada a casar-se amb el vell rajà de les muntanyes, qui va morir tres mesos després. Amb la mort del marit, i coneixent el destí que l'esperava, Aouda havia fugit. Però l'havien capturat al cap de poc, i els parents del rajà, que tenien interès que la jove morís, estaven decidits a cremar-la.

Aquest relat commovedor va fer que els nostres viatgers es refermessin encara més, si això era possible, en el seu propòsit d'actuar. De manera que, tan bon punt el sol va començar a pondre's enllà de la selva, van fer via cap a l'indret del sacrifici. A unes cinc-centes passes del temple van deixar l'elefant, i arrossegant-se entre les ombres, van reprendre l'acostament.

A mig camí, van passar vora un rierol on ja s'alçava la pira funerària[2] que havia de ser l'escenari del crim de l'endemà. Ningú no la vigilava i regnava el silenci mentre els nostres herois la flanquejaven tot reptant. Un cop arribats a la clariana, que unes torxes il·luminaven, van veure una estesa de gent que dormia narcotitzada[3], segons s'estila en algunes cerimònies bàrbares, pel consum de *hang*, que és un beuratge fet d'opi[4] i suc de cànem[5].

1 malaurada: desgraciada.
2 pira funerària: plataforma de llenya on es cremen els difunts.
3 narcotitzada: sota els efectes d'un narcòtic o droga.
4 opi: droga que s'extreu del fruit verd del cascall (*Papaver somniferum*), una planta de la família de la rosella.
5 cànem: planta que es cultiva per la fibra i per la droga que se n'extreu; aquesta és l'anomenat *cànnabis*. El nom científic del cànem és *Cannabis sativa*.

Al fons de l'esplanada s'alçava el temple de Pillaji, on romania la noia captiva en companyia dels sacerdots. Malauradament, els guàrdies del rajà es mantenien ben desperts i vigilaven les portes amb els sabres a la mà.

—Siguem pacients —va xiuxiuejar sir Francis—. Al capdavall, potser també els guàrdies s'adormiran.

De manera que es van estirar al peu d'un arbre i van esperar quatre hores ben llargues. Al caire[6] de la mitjanit, però, es va fer evident que els guàrdies no tenien cap intenció de negligir la seva responsabilitat.

Calia rumiar un altre pla; tal vegada obrir un forat a la paret posterior del temple i confiar que els sacerdots, que eren a dins, acompanyant la víctima, sí que estiguessin adormits.

La nit era fosca. Uns grans núvols tapaven la lluna, minvant i feble, i la frondositat dels arbres augmentava encara més la foscor. Això va permetre als rescatadors arribar sense entrebancs a la part posterior del temple.

Feliçment, les parets eren fetes d'una mescla de maons i de taulons, no gens difícils de foradar amb les navalles, que eren l'únic instrument de què disposaven. Un cop tret el primer maó, la resta el seguiria amb facilitat.

La feina avançava quan van sentir un crit a l'interior. Gairebé al mateix moment, un altre crit va contestar des de fora. Els havien enxampats i donaven l'alarma? La prudència va obligar els nostres rescatadors a recular cap al bosc. Poc després, un guàrdia va aparèixer a la part del darrere i s'hi va instal·lar.

6 al caire: a tocar, en la proximitat.

Sir Francis Cromarty, amb una decepció difícil de descriure, es mossegava els punys. Passepartout estava fora de si, i el guia amb prou feines podia subjectar-lo. Només l'impassible Fogg conservava la calma.

—Així doncs, no tenim altre remei que marxar? —va demanar el general.

—No, no en tenim cap altre —va contestar el guia.

—Esperem —va dir el senyor Fogg—. N'hi ha prou d'arribar a Allahabad demà abans de migdia. En l'entretant, potser se'ns presentarà una nova oportunitat.

Al general li hauria agradat llegir en els ulls d'aquell anglès fred i extraordinari. Pretenia rescatar la jove en el moment suprem del sacrifici? Arrencar-la directament de les mans dels seus botxins? Tanmateix, no semblava pas que Phileas Fogg fos boig...

L'espera, a cobert de la vegetació, va allargar-se encara més. I durant tot aquest temps, Passepartout, que s'havia enfilat a les branques baixes d'un arbre, donava voltes a una idea que li havia il·luminat tot de sobte el pensament. «Quina bestiesa!», s'havia dit de primer. Però ara es repetia: «I per què no? Al cap i a la fi, és una oportunitat, potser l'única, i amb uns animalots con aquells...».

El xicot no va trigar a lliscar branques avall amb la flexibilitat d'una serp, i va esmunyir-se[7] silenciosament un cop a terra.

Les hores van anar passant. Finalment s'acostava l'alba terrible del sacrifici. La multitud, a la clariana, començava a deixondir-se, els timbals i els cants se sentien de bell nou i els crits dels faquirs tornaven a esquinçar l'aire.

7 esmunyir-se: escapar-se.

Tot d'un plegat, les portes del temple es van obrir, i el senyor Fogg, sir Francis i el guia van poder veure sortir la víctima, arrossegada per dos sacerdots. Fins els va semblar que la jove dissortada[8], tot i l'embriaguesa provocada pel *hang*, tractava dèbilment d'alliberar-se dels seus botxins.

Al general, el cor li va fer un salt. La seva mà va agafar convulsivament la mà de Phileas Fogg, i va notar que aquest empunyava amb força la navalla.

Aviat es va refer la processó de la tarda anterior, i la multitud, seguida de prop pels nostres rescatadors, es va encaminar cap a la riba del rierol. Allà esperava, voltada de tenebres, l'alta pira funerària. Al damunt, van ajeure-hi el cos del vell rajà i, al seu costat, la pobra Aouda, que ja no oferia cap resistència perquè tornava a estar profundament drogada.

Ben ràpidament, algú hi va acostar una torxa i la fusta, impregnada d'oli, va inflamar-se amb un rugit.

En aquell instant, sir Francis i el parsi van haver d'aferrar Phileas Fogg, que ja saltava cap a la foguera empès per un impuls de generositat. Encara es debatien amb el *gentleman*, quan l'escena va canviar. Es va sentir un xiscle de terror, i la multitud, espantada, es va llançar a terra.

Que no era mort el vell rajà? De sobte el van veure aixecar-se com un fantasma, agafar la jove d'una revolada i baixar de la pira enmig dels remolins de flames i fum. La víctima, inconscient, va passar entre la multitud agenollada, portada per uns braços vigorosos.

8 dissortada: desgraciada, malaurada.

El senyor Fogg, sir Francis i el guia assistien al prodigi bocabadats...

—Toquem el dos! —va cridar Passepartout, passant a tot córrer pel seu costat i sense sentir-se del pes que carregava als braços.

Perquè era Passepartout qui s'havia alçat enmig de les flames! Era Passepartout qui, servint-se de la foscor d'abans de l'alba, s'havia esquitllat[9] cap a la pira funerària per tal d'arrabassar Aouda de les urpes de la mort!

Un instant després, aquella colla d'homes valents fugia selva enllà, portada pel trot veloç de l'elefant. Si haguessin mirat enrere, haurien vist, aleshores sí, el cadàver del vell rajà voltat de flames. Però el brunzit de les fletxes i les bales dels guàrdies, que havien descobert massa tard l'engany, els esperonaven a mirar endavant.

9 esquitllar-se: passar d'amagat, esquivant la vigilància.

Capítol X

Phileas Fogg baixa la vall admirable del Ganges sense demostrar gota de curiositat

Una hora després del rapte tan reeixit, Passepartout encara reia. Ell, antic gimnasta, exsergent de bombers a París, havia estat per uns instants el vidu d'una jove encisadora, un vell rajà embalsamat!

Sir Francis Cromarty, com a mostra d'admiració i respecte, li havia encaixat solemnement la mà. Quant al senyor Fogg, s'havia limitat a dir-li: «Bé», cosa que, en boca del *gentleman*, equivalia a una alta aprovació. Però el xicot no volia atribuir-se de cap manera els mèrits del rescat, n'atorgava l'honor al seu amo i afirmava que a ell només se li havia acudit una idea divertida i prou.

La jove parsi, mentrestant, descansava en un dels coves de l'elefant, desconeixedora que havia estat salvada d'un horrible destí. Els efectes soporífers[1] del *hang*, va explicar sir Francis, es perllongarien encara durant un temps. Allò que de debò amoïnava el general era que

1 soporífer: que adorm.

si la senyoreta Aouda es quedava a l'Índia, tard o d'hora, tant se valia on s'amagués del gran país, tornaria a caure a les mans dels seus botxins. Phileas Fogg va agrair aquesta observació i va prometre que hi pensaria.

A les deu del matí van arribar per fi a Allahabad,[2] on recomençava la via del ferrocarril. Des d'allà, el tren cobria la distància que els separava de Calcuta en menys d'un dia i una nit. Phileas Fogg, doncs, tenia temps d'embarcar-se en el vapor a Hong Kong que salpava a les dotze de l'endemà, 25 d'octubre.

Mentre esperaven el tren, van instal·lar la senyoreta Aouda en una cambra de l'estació, i Passepartout, generosament proveït de diners pel senyor Fogg, va recórrer la ciutat en cerca de roba per a la noia.

Allahabad, la ciutat de Déu, és una de les més venerades de l'Índia per la seva situació, a la confluència de dos rius sagrats, el Ganges i el Yamuna, les aigües dels quals atrauen pelegrins de tot el subcontinent.[3] Ara bé, malgrat el comerç que aquest fenomen genera, val a dir que hi escassegen els comerços adients per vestir com cal una dama. Passepartout va haver de voltar una bella estona, abans no va trobar a la botiga d'un vell revenedor jueu, a un preu altíssim, un vestit acceptable de quadres escocesos i una capa folrada de pell de

2 Segons la tradició hindú, a l'indret que ara ocupa aquesta ciutat del nord de l'Índia, el déu Brahmā va fer-hi el primer sacrifici després de crear el món. Al segle XIX, Allahabad era coneguda també per la seva prestigiosa universitat, fet que li va valer el sobrenom de l'Oxford de l'Índia, en relació a la ciutat que presumeix de tenir la universitat més antiga d'Anglaterra.
3 El Ganges, amb uns 2.700 quilòmetres de recorregut, és el riu més llarg de l'Índia. Neix a l'Himàlaia i desemboca al golf de Bengala, a l'oceà Índic. Diu una llegenda que va ser creat pel déu Brahmā amb la suor dels peus de Vixnu, el Preservador. Els practicants de la religió hindú creuen que cada immersió que es fa en les seves aigües purifica d'un pecat, i que si les cendres d'un difunt hi són llançades, aquest s'allibera del cicle de les reencarnacions. El riu Yamuna és afluent del Ganges. També neix a l'Himàlaia i té uns 1.400 quilòmetres de recorregut. Per als hindús és el segon riu sagrat del país. La deessa del riu, Yamuna, és germana de Yama, el déu que guia les ànimes després de la mort, i filla de Surya, el déu del sol.

llúdriga. Després, sabedor que havia fet la millor adquisició possible per a la senyoreta Aouda, es va encaminar cap a l'estació.

La jove tot just començava a refer-se i, a mesura que es dissipaven els efectes de la droga que li havien subministrat els sacerdots, els seus ulls bellíssims anaven recuperant tota la seva dolçor índia.

El tren era a punt de partir cap a la seva destinació, quan el senyor Fogg va pagar el salari acordat al guia; el salari i prou, res de propina. Això va estranyar Passepartout, que sabia fins a quin punt els havia ajudat l'abnegació del parsi. En efecte, havia arriscat voluntàriament la vida en el rescat, i si els sacerdots n'arribaven a tenir notícia, difícilment escaparia de la venjança.

Calia resoldre, també, la qüestió de Kiouni. Què en farien d'un elefant que els havia costat tan car? Phileas Fogg ja havia pres una decisió.

—Parsi —va dir—, has estat fidel i generós. He pagat els teus serveis, però no pas el teu coratge. Vols l'elefant? És teu.

Els ulls del guia van brillar de goig.

—És una fortuna el que em doneu, honorable senyor! —va exclamar.

—Accepta-la —va contestar el senyor Fogg—, i tot i així, continuaré en deute amb tu.

Al cap de poc, el tren s'allunyava a gran velocitat d'Allahabad, en direcció a Calcuta.

Durant el trajecte Aouda va recuperar finalment la lucidesa. És fàcil imaginar com va sentir-se, de sorpresa, quan va trobar-se en aquell compartiment de tren, vestida com una europea i voltada d'europeus que no coneixia de res. Però els desconeguts van tractar-la amb gran delicadesa, i el general va explicar-li l'aventura del seu rescat.

La senyoreta Aouda, aleshores, va reaccionar com una dona encisadora en el significat més europeu de la paraula. Parlava l'anglès amb gran correcció, i en aquesta llengua, però sobretot amb llàgrimes, va donar efusivament les gràcies als seus salvadors. Però, un moment després, recordant de bell nou les escenes del *sutty*, i prenent consciència que mai més no estaria segura en el país que l'havia vist créixer, va tenir un dolorós estremiment.

Phileas Fogg, que li endevinava el pensament, es va oferir, si bé amb molta fredor, a acompanyar-la fins a Hong Kong, on podria viure a recer de qualsevol amenaça; la senyoreta Aouda va acceptar l'oferiment. Justament en aquella colònia britànica de la Xina, va explicar, hi tenia un parent que havia fet fortuna com a comerciant.

A dos quarts d'una, el tren va fer parada a Benarés, ciutat sagrada, culta i monumental, fins al punt que, entre els orientalistes, és coneguda com l'Atenes de l'Índia.[4] Aquella era la destinació de sir Francis Cromarty, allà l'esperaven els seus soldats.

—Senyor Fogg —va dir el general—, hauríeu de repetir algun dia la travessia de l'Índia, sense pressa i amb un vehicle una mica menys incòmode que un elefant. Ben segur que en trauríeu grans ense-nyances. Us desitjo bona sort en la vostra aventura.

El senyor Fogg, per tota resposta, li va prémer lleugerament els dits. La senyoreta Aouda, en canvi, va ser molt més afectuosa. Mai no oblidaria el que devia a sir Francis Cromarty, va dir amb la veu entelada per l'emoció. Pel que fa a Passepartout, el general va ho-

4 A Benarés, hi abunden com enlloc de l'Índia els temples hindús, musulmans i budistes, i és seu d'importants escoles hinduistes. Pel fet que és a la riba del Ganges, i pel fet que, segons la tradició, Brahmā el Creador aconseguí de donar descans a un dels seus quatre caps quan va ser en aquest indret, Benarés és la ciutat més sagrada del país.

norar-lo un cop més amb una encaixada solemne, afegint-hi la promesa que en ell trobaria un amic sempre que el necessités.

A partir de Benarés, el ferrocarril seguia la vall del Ganges. De l'altre costat de la finestra del vagó desfilaven les ribes del riu sagrat, a estones boscoses i salvatges, amb bateries de cocodrils que s'assolellaven damunt del fang, i a estones ben conreades i poblades, atapeïdes de creients que se submergien en els banys rituals, alegrement barrejats amb zebús i elefants.

Totes aquestes coses les contemplaven Passepartout i Aouda, l'un amb admiració i l'altra amb nostàlgia. Quant a Phileas Fogg, no els donava cap mena d'importància. Al capdavall, la nit va ocultar a les mirades dels nostres viatgers aquell paisatge meravellós, i cap a les set del matí del 25 d'octubre, el tren va deixar-los a Calcuta.[5]

Faltaven cinc hores perquè salpés el vaixell de Hong Kong. Així doncs, malgrat la pèrdua dels dos dies d'avantatge que havia guanyat en la travessia de Londres a Bombai, el programa previst d'antuvi[6] per Phileas Fogg es complia amb puntualitat.

5 Calcuta, a la costa oriental de l'Índia, va ser fundada pels britànics, i és el principal centre econòmic. Va ser-ne també la capital, fins que l'any 1912 aquesta fou traslladada a Delhi.
6 d'antuvi: des del primer moment; aquí, abans de començar el viatge.

Capítol XI

La bossa dels diners s'alleugera d'uns quants milers de lliures més

La primera intenció dels nostres viatgers, tot just trepitjar Calcuta, era dirigir-se al vaixell de Hong Kong per instal·lar-hi Aouda. Pretenien deixar-la en un entorn segur, estalviar-li el perill que corria en territori indi, mentre Passepartout es dedicava a fer la compra i el senyor Fogg visava el passaport. Però ja sortien de l'estació quan un agent de policia se'ls va atansar i va preguntar:

—El senyor Phileas Fogg?

—Sóc jo.

—Aquest home és el vostre criat?

—Ho és.

—Feu el favor d'acompanyar-me tots dos.

El rostre del senyor Fogg no va revelar cap senyal de sorpresa. L'agent era un representant de la llei i, per a qualsevol anglès, la llei és sagrada. Passepartout, en canvi, es va deixar endur pel seu tarannà[1]

1 **tarannà: manera de ser.**

impulsiu, va exigir a crits una explicació fins que el policia va tustar-lo suaument amb el bastó i Phileas Fogg va ordenar-li que obeís.

—La senyora ens pot acompanyar? —va demanar el *gentleman*.

—Sí —va contestar el policia.

I sense dir res més, va fer-los pujar en un cotxe tancat i els va menar cap al barri europeu, amb les seves avingudes ben endreçades, ombrejades de cocoters, i el seu anar i venir de genets i carruatges elegants.

Vint minuts després, el cotxe es va aturar i el policia els va fer baixar. Talment com si fossin presoners, va conduir-los a l'interior d'un edifici d'aspecte oficial. Allà hi havia una cambra amb les finestres enreixades. I allí els va tancar.

—A dos quarts de nou compareixeran davant del jutge Obadiah —va anunciar-los, tot fent girar la clau.

—Ves per on, ens tracten de delinqüents! —va bufar Passepartout.

La senyoreta Aouda va mirar Phileas Fogg i va dir amb un fil de veu:

—Abandoneu-me, senyor! És per culpa meva que us arresten! Això us passa per haver-me salvat!

El *gentleman* va tranquil·litzar-la. No els podien arrestar per haver impedit un sacrifici humà, era impensable que els botxins s'atrevissin a demandar-los, va dir. Va afegir que devia tractar-se d'un error, que en cap cas no l'abandonaria i que l'acompanyaria fins a Hong Kong.

—Però si el vaixell salpa a les dotze! —va gemegar Passepartout.

—Aleshores ja serem a bord —va contestar impassible el senyor Fogg.

A dos quarts de nou, el policia va tornar per fer-los passar a l'estança veïna. Allà va manar-los que seguessin en un banc. Eren en una sala d'audiència que començava a omplir-se d'un públic indígena i europeu.

El jutge Obadiah va arribar de seguida, acompanyat de l'escrivà. Era un home alt i gros. Va agafar una perruca que penjava d'un clau i se la va posar ràpidament.

—La primera causa —va dir; i es va interrompre per exclamar—: Aquesta no és la meva perruca!

—Cert, senyor Obadiah. La que teniu és la meva —va contestar l'escrivà.

—Benvolgut, com voleu que un jutge dicti una sentència com cal amb la perruca d'un escrivà?

Va tenir lloc l'intercanvi de perruques i va començar el procés.

—Acusats Phileas Fogg i Passepartout —va anunciar el jutge Obadiah—, fa dos dies que esperàvem la vostra arribada en el tren de Bombai.

—Però, de què se'ns acusa? —va cridar el francès, que bullia d'impaciència per córrer cap al vaixell.

—De seguida ho sabreu —va respondre el magistrat—. Que es presentin els demandants.

Una porta es va obrir per deixar entrar tres sacerdots.

—Ve-t'ho aquí! —va mormolar Passepartout—. Són els desvergonyits que volien cremar la nostra dama!

Els sacerdots es van quedar drets davant del jutge, i l'escrivà va llegir en veu alta la denúncia que havien formulat els sacerdots contra el senyor Phileas Fogg i el seu criat. Els acusaven d'haver violat un indret sagrat.

—Ho heu sentit bé, acusat Phileas Fogg? —va demanar el jutge.

—Ho he sentit, senyor —va contestar el *gentleman*, fent una ullada al seu rellotge—, i en reconec la culpa.

—Ah, us confesseu culpable?

—Sí, senyor! —va reconèixer Phileas Fogg; però va afegir—: I espero que els tres demandants confessaran el que volien fer al temple de Pillaji.

—Al temple de Pillaji, ja ho crec que sí! —va rugir Passepartout—. Davant del qual pretenien cremar la seva víctima!

Els sacerdots van mirar-se amb cara de no entendre res.

—Quina víctima? —el jutge Obadiah tampoc no ho entenia—. Parleu de cremar algú? Al bell mig de la ciutat de Bombai?

—Bombai? —va fer Passepartout.

—Bombai, sí —va aclarir el jutge—. No es tracta del temple de Pillaji, sinó del temple de Malabar Hill.

—I aquí teniu la prova del delicte —va afegir l'escrivà, posant un parell de sabates sobre la taula.

—Les meves sabates! —va saltar Passepartout.

No és difícil imaginar la confusió que envaïa l'amo i el criat, doncs havien oblidat completament l'incident del temple de Bombai. Però era aquest el que els duia davant del jutge de Calcuta!

I és que el detectiu Fix ja s'ho havia manegat astutament per fer-los-en memòria. Cal que recordem que el detectiu, un instant abans que els nostres viatgers abandonessin Bombai amb tren, havia renunciat a seguir-los. A continuació —i això ho expliquem ara—, s'havia afanyat a reunir-se amb els sacerdots de Malabar Hill i els havia promès una compensació per danys i perjudicis si denunciaven Passepartout per haver violat el temple. Als sacerdots, és clar, una tal promesa els havia enllaminit, i Fix se'ls havia emportat cap a Calcuta.

En aquell moment, l'astut detectiu seia en un racó de la sala i seguia el judici amb un interès ben comprensible. Necessitava retenir el seu lladre a qualsevol preu, guanyar temps mentre esperava que arribés l'ordre d'arrest que havien d'enviar-li des de Bombai tan bon punt la rebessin de Londres.

El judici, mentrestant, prosseguia. El jutge Obadiah anava a dictar la sentència.

—Atès que l'acusat Passepartout ha reconegut les seves sabates —va dir—, i per tant la seva culpa, el condemno a quinze dies de presó i a una multa de tres-centes lliures.

—Dimoni! Tres-centes lliures! —va protestar el xicot, més afectat per la multa que no pels quinze dies de presó.

—I vós, senyor Phileas Fogg —va continuar el jutge—, reconeixeu la part de culpa que us pertoca com a amo i responsable de l'acusat Passepartout?

—La reconec —va respondre fredament el senyor Fogg.

—Doncs a vós us condemno a vuit dies de presó i cent cinquanta lliures. Feu passar els acusats de la causa següent...

Fix, no cal dir-ho, es fregava les mans de satisfacció. Phileas Fogg, retingut vuit dies a Calcuta! Hi havia temps de sobres perquè arribés l'ordre d'arrest!

Però heus aquí que Phileas Fogg, amb el seu posat tranquil, va aixecar-se i va dir:

—Ofereixo el pagament d'una fiança.

—És el vostre dret —va concedir el jutge.

I Fix, per un moment, va sentir una esgarrifança. Però es va tranquil·litzar en sentir que el jutge imposava una fiança de mil lliures per cada acusat. Era una suma enorme! Potser Phileas Fogg s'estimaria més complir la condemna...

—Pagaré.

I aleshores mateix va ficar la mà dins la bossa, en va treure els diners que li demanaven i va deixar-los damunt la taula de l'escrivà.

—Aquests diners us seran tornats quan us decidiu a entrar a la presó —va explicar el jutge Obadiah—. Mentrestant, quedeu en llibertat sota fiança.

—Anem —va apressar el senyor Fogg als seus acompanyants.

—Almenys torneu-me les sabates! —va reclamar Passepartout.

I li van tornar les sabates.

—Sí que m'han sortit cares... —va mormolar—. Mil lliures cadascuna, i això que em fan mal als peus!

Eren les onze quan els nostres viatgers van embarcar; faltava, doncs, una hora perquè el *Rangoon* salpés rumb a Hong Kong. El detectiu, que els havia seguit fins al moll, va picar a terra amb el peu i va exclamar:

—El molt sapastre se'n va! Sacrifica les dues mil lliures! A aquest pas es gastarà tots els diners del robatori!

Fix patia perquè, amb el ritme de despesa que portava Phileas Fogg, aquell cinc per cent del botí recuperat, que corresponia als detectius, minvava cada dia.

—Jo et ben juro, Phileas Fogg —va exclamar—, que et perseguiré fins a la fi del món!

Capítol XII

Fix fa veure que no sap res del que li conta Passepartout

El *Rangoon* igualava el *Mongolia* en velocitat, però no pas en comoditats, i la senyoreta Aouda no s'hi va poder instal·lar tan confortablement com hauria desitjat Phileas Fogg. Ara bé, es tractava d'una travessia de només onze o dotze dies, i val a dir que la noia, lluny de comportar-se com una passatgera primmirada[1], aprofitava qualsevol ocasió per demostrar el seu agraïment al senyor Fogg.

Aquell *gentleman* tan flegmàtic, però, l'escoltava amb una fredor extrema, almenys en aparença, i cap dels seus gestos no revelava la més lleugera emoció. Parava esment[2] que no li faltés res, la visitava regularment i era cortès amb ella, és veritat; però ho feia tot plegat amb la gràcia i l'espontaneïtat d'un autòmat.

Encara rai que la senyoreta Aouda estava avisada per Passepartout del tarannà excèntric[3] del seu amo. La jove fins i tot havia somrigut

1 primmirada: que demana ser tractada amb molta delicadesa.
2 parar esment: estar atent.
3 excèntric: estrany, diferent del que és comú.

en assabentar-se de l'aposta que empenyia el *gentleman* a fer la volta al món. Al cap i a la fi, no tenia cap raó per queixar-se. Aquell home tan estrany li havia salvat la vida, la tractava amb generositat i li havia promès que no l'abandonaria fins a deixar-la en bones mans.

Les mans en qüestió havien de ser les de l'honorable Jejee, un parent llunyà, ric comerciant, que vivia a Hong Kong. Amb tot, la senyoreta Aouda no podia afirmar amb seguretat que l'honorable Jejee l'acolliria. Respecte a aquest punt, el senyor Fogg li havia dit que no s'inquietés, que tot s'arreglaria «matemàticament».

Però entenia la jove aquest adverbi horrible? No se sap. Però els seus ulls dolços, «límpids com els llacs sagrats de l'Himàlaia», que haurien dit els poetes hindús, buscaven sempre els ulls del senyor Fogg. El buscaven debades[4], perquè l'intractable Fogg no semblava disposat a capbussar-se en aquells llacs.

Durant els primers dies de la travessia, el *Rangoon* va gaudir d'una navegació excel·lent. El gran golf de Bengala[5] s'estenia com una seda tot al voltant, i les illes Andaman,[6] amb les seves muntanyes de siluetes capricioses i els seus estols de milers de salanganes,[7] els nius de les quals es consideren una menja exquisida a la Xina, s'oferien en la distància com un regal per a les mirades dels passatgers.

I, mentrestant, què feia el detectiu Fix? A Calcuta havia deixat instruccions per tal que l'ordre d'arrest, que sens dubte li havien d'enviar

4 debades: inútilment.
5 Rep aquest nom la mar de l'oceà Índic que s'estén davant el delta del riu Ganges, entre la costa índia, a l'est, i les costes de Bangla Desh i Myanmar (Birmània), a l'oest.
6 Aquest arxipèlag muntanyós i boscós, de més de dues-centes illes, forma part de l'Índia. Pel seu clima càlid i humit, s'hi cultiven productes tropicals com els cocos i el cafè.
7 La salangana és un ocell de la mateixa família que el falciot que visita les nostres poblacions a l'estiu. Forma un gènere que comprèn nombroses espècies, les quals fabriquen els nius amb una saliva que s'endureix en contacte amb l'aire. Com diu l'autor, aquests nius són molt apreciats en la gastronomia d'algunes cultures. El gènere de les salanganes rep el nom científic d'*Aerodramus*.

des de Londres, li fos tramesa a Hong Kong, i tot seguit s'havia embarcat en el *Rangoon*, parant compte que no el descobrís Passepartout.

Totes les esperances del policia es concentraven ara en Hong Kong, que encara era territori britànic. Més enllà hi havia la Xina, el Japó i Amèrica, i aleshores li caldria una ordre d'extradició[8] per arrestar el seu lladre, amb tots els entrebancs i retards que implica obtenir una ordre semblant. Podia donar per fet, doncs, que si no aturava el senyor Fogg a Hong Kong, aquest se li escaparia.

«He fracassat a Bombai i he fracassat a Calcuta! —es repetia Fix durant les llargues hores que passava amagat a la seva cabina—. Si fracasso a Hong Kong, perdré la meva bona reputació! Però, quina astúcia podria emprar per retardar, si fos necessari, la partida del maleït Fogg?»

Al capdavall de molt rumiar, a l'inspector se li va acudir d'estirar el fil de la senyoreta Aouda.

Qui era aquella misteriosa i bella dama? En quin moment i en quin indret de l'Índia s'havia convertit en acompanyant del senyor Fogg? Era l'atzar allò que els havia unit? O bé el *gentleman* havia viatjat expressament al cor del país per trobar-se amb ella?

El detectiu estava ben intrigat, i fins es va arribar a preguntar si darrere d'aquell afer no hi hauria un rapte criminal. Sí, això havia de ser! La senyoreta Aouda devia haver fugit amb el senyor Fogg en contra de la voluntat dels seus familiars o del seu marit! Per tant, Fogg podia ser acusat de segrest, i una tal acusació el retindria una bona temporada a Hong Kong. Aquest cop, ni els diners no li servirien per escapar!

8 ordre d'extradició: ordre per la qual un país, en el qual s'ha refugiat un ciutadà estranger fugint de la justícia, l'entrega al seu país d'origen per a ser jutjat.

Ara bé, per tal d'actuar sobre segur, Fix necessitava detalls; i per obtenir-los, no podia fer altra cosa que interrogar Passepartout. Això mateix!, interrogaria el francès xerraire. Ben mirat, ja era hora de sortir a prendre l'aire a coberta...

—Vós al *Rangoon*! —es va sorprendre Passepartout quan va ensopegar amb el vell conegut del *Mongolia*—. Us deixo a Bombai i us torno a trobar camí de Hong Kong. Que potser també feu la volta al món?

—No, i ara! —va contestar Fix—. Tinc la intenció de quedar-me a Hong Kong uns quants dies. Els negocis, ja sabeu... I el vostre amo, el senyor Fogg?

—Doncs amb una salut excel·lent, i tan puntual com el seu itinerari. Ni un sol dia de retard! A més, amic Fix, vós no sabeu que se'ns ha afegit una dama.

—Ah, sí, una dama?

El detectiu va fingir que no en sabia res i, d'aquesta manera, va aconseguir que el xerraire de Passepartout el posés al corrent de les seves aventures. Tot li ho va contar el xicot: l'incident del temple de Malabar Hill, la compra de l'elefant, l'afer del *sutty*, el rescat d'Aouda, el judici a Calcuta...

—I el senyor Fogg pensa emportar-se la jove a Europa?

—De cap manera, amic meu! La deixarem en mans d'un parent seu a Hong Kong...

Ah! Aquella no era la resposta que el detectiu desitjava. «Maleït siga! —va pensar—. Així doncs, no es tracta d'un segrest criminal!»

Perquè, com que no es tractava d'un segrest criminal, Fix no podia atacar Phileas Fogg per aquell front.

Capítol XIII

Camí de Hong Kong, Passepartout i Fix desconfien l'un de l'altre

En endavant, Fix i Passepartout van coincidir sovint a la coberta del *Rangoon*, i van beure plegats i van tenir alguna conversa. Amb tot, d'un dia per l'altre, Passepartout va començar a fer mala cara cada cop que Fix l'interrogava sobre Phileas Fogg, fins al punt que va arribar un moment que el detectiu ja no va insistir en les seves preguntes. Què havia canviat en Passepartout? Doncs que en el seu cor s'hi havia instal·lat la desconfiança.

«Aquest Fix» va dir-se el xicot, «el vaig conèixer a Suez, me'l vaig trobar a bord del *Mongolia* i ara el retrobo aquí al *Rangoon*. Massa casualitats. Tot plegat em fa venir sospites...».

I cap on apuntaven les sospites de Passepartout? Ni per un instant li va passar pel cap que Fix fos policia, segurament perquè mai no se li havia acudit que l'amo Fogg pogués ser un lladre de bancs. No, les cavil·lacions van portar-lo a la conclusió que Fix era un espia dels *gentlemen* del Reform Club, un espia amb la missió de comprovar que l'amo no fes trampes en la seva volta al món!

Se sentia molt orgullós de la seva perspicàcia, Passepartout. Però, tot i així, es va estimar més no dir-ne res a l'amo. Temia, i amb raó, que el senyor Fogg se sentís ferit per la desconfiança dels seus adversaris.

Era la tarda del 30 d'octubre quan el *Rangoon* va enfilar l'estret de Malacca, que separa la península del mateix nom de la gran illa de Sumatra. L'endemà, entrava a la mar de la Xina, en aigües de l'oceà Pacífic, i feia escala a Singapur per renovar la provisió de carbó.[1]

Hi havien arribat amb dotze hores d'anticipació i Phileas Fogg va anotar aquest guany en el seu quadern de viatge. Després, malgrat que no sentia cap interès pels indrets que recorria, va renunciar a la partida de *whist* per acompanyar la senyoreta Aouda a fer un tomb en carruatge. Fix, que tenia por que se li escapés, va seguir-los d'amagat en un altre vehicle, i Passepartout, que se'n va adonar, es va limitar a somriure i va anar a fer les compres de costum.

L'illa de Singapur no és gran ni té res d'imponent, però no deixa de ser encisadora com un parc. La vegetació hi creix exuberant. Sota les palmeres de fullatge brillant i al marge dels camins, hi broten ramells de flors tropicals, acolorides i carregades de perfums penetrants. Als boscos, s'hi passegen els micos en colles nombroses i xisclaires, i sovint també s'hi passegen els tigres. A aquells qui trobin estrany que aquests carnívors no hagin estat extingits d'una illa tan petita, els direm que constantment n'arriben de nous des de la península veïna de Malacca. Als tigres no els fa gens de respecte travessar nedant les aigües de l'estret!

1 L'estret de Malacca comunica l'oceà Índic amb el Pacífic. La península de Malacca pertany a l'estat de Malàisia, mentre que Sumatra és territori d'Indonèsia. La petita illa de l'actual república de Singapur, per la seva situació estratègica a la sortida oriental de l'estret, era a l'època de Jules Verne una colònia britànica.

A les onze del matí, amb la bodega plena de carbó, el *Rangoon* va tornar a la mar. Phileas Fogg tenia interès a arribar a Hong Kong en un màxim de sis dies, a fi d'agafar el vapor que partia el 5 de novembre cap a Yokohama, que és un dels ports principals del Japó.

A la mar de la Xina, però, el temps havia empitjorat. El vent bufava amb força i aixecava grans onades que picaven contra el casc del vaixell, el sacsejaven i n'alentien la marxa. Aparentment, aquest entrebanc no afectava Phileas Fogg, però irritava d'allò més Passepartout, que renegava, amenaçava amb els punys el cel i la mar, i acusava d'incompetents els maquinistes i el capità. Potser el record del gas que cremava al llum de la seva cambra de Saville Row tenia alguna cosa a veure amb aquella impaciència.

Però les enrabiades del xicot duraven poc. De seguida li tornava el bon humor, i aleshores, quan es trobaven amb el detectiu Fix, no es podia estar de gastar-li alguna broma maliciosa. Un dia li va dir:

—Vejam, amic Fix, quan haurem arribat a Hong Kong, tindrem la desgràcia de separar-nos o continuareu amb nosaltres?

—Quina pregunta... —va fer el policia, tot confós—. No ho sé pas... Potser sí que la companyia per a la qual treballo...

—Ah! Si vinguéssiu amb nosaltres, em faríeu molt feliç! —va exclamar Passepartout—. No us podeu aturar a la meitat del camí! Al començament només anàveu fins a Bombai, i aviat serem a la Xina! Amèrica ja és més a la vora, i d'Amèrica a Europa només hi ha un pas...

El policia no sabia què pensar de les paraules del xicot. Sospitava alguna cosa? L'havia descobert? L'altre insistia:

—I, digueu, guanyeu molts diners treballant per a la companyia aquesta?

—De vegades, sí, i de vegades, no —va contestar el detectiu—. Però com que no pago despeses de viatge...

—Oh, d'això no en tinc cap dubte! —va riure Passepartout.

Aquell dia, Fix es va retirar ben preocupat a la seva cabina. A estones estava convençut que el francès li havia parlat amb segones, que havia descobert la seva veritable identitat; i a estones foragitava aquest pensament i es deia que Passepartout no era sinó un tocacampanes[2] que parlava per parlar.

El temps va empitjorar encara més en les jornades següents. El vendaval es llançava amb força contra la proa del *Rangoon*, i les valls que s'obrien entre les onades eren tan profundes que l'hèlice sovint quedava fora de l'aigua i es perdia l'empenta del vaixell.

Quan el capità va pronosticar que arribarien a Hong Kong amb gairebé un dia de retard, o potser més, Passepartout va estirar-se els cabells i ja no va abandonar la coberta. Ajudava la tripulació en les maniobres més arriscades, hi esmerçava[3] tota la seva força i agilitat d'antic acròbata. Era ben bé com si les vint mil lliures que s'hi jugava l'amo fossin seves. El senyor Fogg, en canvi, assistia al temporal sense arrufar les celles. Aquell daltabaix li podia fer perdre el vaixell de Yokohama, i comprometre fatalment el seu viatge. Que no tenia nervis sota la pell, aquell home?

I el *Rangoon*, fatalment, va arribar a Hong Kong amb un dia de retard, a la una del migdia del 6 de novembre. I aleshores, segons indicava amb molt d'encert la guia *Bradshaw*, ja feia gairebé un dia que el *Carnatic*, el vaixell de Yokohama, s'havia fet a la mar.

2 tocacampanes: persona que parla sense solta, sense cap motiu raonable.
3 esmerçar: dedicar esforços per aconseguir un objectiu.

Aparentment, Phileas Fogg no es va doldre d'aquesta pèrdua. Al pràctic[4] que va pujar a bord per dirigir l'entrada a port del *Rangoon* va preguntar-li si sabia quan sortia el proper vaixell cap al Japó.

—Oh, voleu dir el *Carnatic*, senyor? —va respondre el pràctic—. Salpa demà al matí, amb la marea alta.

—No havia de salpar ahir?

—Va tenir una avaria a les calderes, senyor, i han ajornat la sortida.

El senyor Fogg, com era habitual, no va demostrar cap emoció. Però Passepartout, encaixant efusivament la mà del pràctic, va exclamar:

—Vós sí que sou una bona persona!

Cal reconèixer que el destí afavoria els nostres viatgers. El *Carnatic* sortia amb retard cap a Yokohama gràcies a una avaria, i, encara més, el transatlàntic que feia la travessia de Yokohama a San Francisco no podia salpar fins que el *Carnatic* no arribés, perquè tots dos vaixells estaven en correspondència! Tot d'una, les vint-i-quatre hores de retard havien deixat de tenir importància, ja que la travessia de l'oceà Pacífic durava vint-i-dos dies i fàcilment les podien recuperar.

Amb calma, doncs, els nostres viatgers van desembarcar i van buscar un hotel. I un cop la senyoreta Aouda va estar aposentada en companyia de Passepartout, Phileas Fogg va agafar un palanquí[5] i va demanar als portadors xinesos que el conduïssin a la Borsa.

Segur que a la Borsa coneixerien aquell parent llunyà de la jove parsi, l'honorable Jejee, que era un dels comerciants més rics de la ciutat. I va resultar que sí que el coneixien, però el senyor Fogg va

4 pràctic: mariner que, com a coneixedor d'un port, embarca en els vaixells que hi volen atracar a fi d'assessorar el capità en la maniobra.
5 palanquí: llitera, pròpia de l'Extrem Orient, portada a l'espatlla de dos o quatre homes per mitjà d'uns pals.

saber que feia dos anys que l'honorable Jejee s'havia traslladat a Holanda amb la seva fortuna, la qual cosa no ens ha d'estranyar, perquè les relacions comercials entre Holanda i la Xina fa segles que són molt estretes.

Així doncs, Phileas Fogg va tornar a l'hotel i va explicar a la senyoreta Aouda el que havia esbrinat.

—I ara què faré, senyor? —va preguntar dolçament la jove.

—És ben senzill —va contestar el *gentleman*—. Caldrà que vingueu a Europa.

—Però jo no voldria abusar...

—Vós no abuseu en absolut, i la vostra presència no altera en res el meu programa... Passepartout?

—Maneu!

—Vés al *Carnatic* i reserva tres cabines.

Passepartout, encantat de continuar el viatge en companyia d'aquella noia tan gentil, va sortir de l'hotel.

Capítol XIV

Passepartout i Fix tenen un estira-i-arronsa que potser portarà conseqüències

Hong Kong no és més que un illot situat davant mateix de la costa xinesa. Però aquest illot té un dels millors ports naturals del món i, des que va passar a mans britàniques al final de la guerra de l'Opi, s'ha convertit en un dels indrets més pròspers d'Orient, un port comercial de primera importància.[1] Qualsevol construcció d'aquella ciutat: els seus molls, els magatzems, els hospitals, la catedral d'estil gòtic, els edificis oficials, les cases de maó i els carrers pavimentats, tot plegat recorda una ciutat anglesa que, després de travessar l'esfera terrestre, hagués sorgit en aquell punt de la Xina, gairebé als antípodes[2].

Doncs creuant Hong Kong i admirant-la, caminant amb les mans a les butxaques, trobaríem Passepartout. El francès va arribar al port.

1 La guerra de l'Opi va començar l'any 1840, quan l'emperador xinès, preocupat per l'abús que els seus súbdits feien de l'opi, en va prohibir la importació, que era controlada pels britànics. La Gran Bretanya, llavors, va declarar la guerra i només es va avenir a signar la pau quan li van ser concedits l'illa de Hong Kong i un seguit de drets que afavorien els seus interessos comercials a la Xina. Hong Kong va ser colònia britànica fins a l'any 1997, en què va tornar a la Xina amb un estatus polític i econòmic especial.
2 antípodes: punt geogràfic situat ben bé a l'altre extrem de l'esfera terrestre.

La riba era un formiguer de vaixells de totes les banderes i de tota mena, vaixells de guerra i de comerç, juncs[3] i sampans[4], i fins i tot cases flotants, tan plenes de flors que semblaven jardins damunt les aigües.

Mentre passejava, van cridar-li l'atenció alguns avis molt venerables que vestien de groc. Després va entrar en una barberia per fer-se afaitar, i el barber xinès, que parlava prou bé l'anglès, li va explicar que tots aquells avis tenien com a mínim vuitanta anys, i que, arribats a aquella edat, gaudien del privilegi de vestir robes de color groc, que és el color reservat per a la família imperial xinesa. Passepartout, sense saber per què, va trobar aquest costum molt divertit.

Tan bon punt va estar afaitat, va fer via cap al moll on hi havia atracat el *Carnatic*. Allà va veure Fix, que caminava amunt i avall visiblement dominat pels nervis.

—Vaja! —va dir-se—. Sembla que als *gentlemen* del Reform Club no els agrada com rutlla la cosa!

I, certament, el policia tenia bones raons —si bé no eren les que Passepartout sospitava— per renegar de la mala sort que el perseguia. Encara no havia arribat l'ordre d'arrest. La maleïda ordre li anava al darrere des de Londres i no l'atraparia si no l'esperava uns quants dies en aquella ciutat. D'altra banda, com que Hong Kong era el darrer territori britànic en l'itinerari de Phileas Fogg, aquest se li escaparia definitivament si no el detenia abans que el *Carnatic* salpés.

—Què, amic Fix? —va saludar-lo Passepartout—. Us decidiu a acompanyar-nos fins a Amèrica?

3 junc: embarcació de fusta pròpia de les mars asiàtiques; es propulsa mitjançant unes veles molt característiques, reforçades amb canyes de bambú.
4 sampan: barca xinesa, de fons pla, que es governa mitjançant un gran rem instal·lat a la proa.

—Em temo que sí... —va contestar l'altre, serrant les dents.

Plegats, van entrar a l'oficina dels transports marítims i van reservar quatre cabines. L'oficinista va informar-los que el *Carnatic* ja havia reparat l'avaria i que salparia aquell mateix vespre a les vuit, i no pas l'endemà, tal com estava previst.

—Això agradarà a l'amo! —es va alegrar Passepartout—. Vaig a avisar-lo!

Però Fix el va agafar pel braç. Veient que Phileas Fogg era a punt d'escapar un altre cop, acabava de prendre una decisió desesperada: explicaria tota la veritat al francès. Això faria, i si Passepartout era un home amant de la justícia, per força l'ajudaria a retenir el seu lladre a Hong Kong.

—Amic meu —va dir el detectiu—, permeteu que us convidi a fer un glop.

—D'acord, però només un —va contestar el xicot—, que tinc pressa!

Van entrar en una taverna del mateix port. Els parroquians[5] hi bevien cervesa i ginebra anglesa, i fumaven unes pipes molt llargues de terrissa vermella, farcides de petites boles d'opi mesclat amb essència de rosa. De tant en tant, algun fumador, estabornit pel fum, relliscava cap a sota la taula. Aleshores uns mossos de la taverna l'agafaven pels peus i el cap, el portaven al fons de la sala i l'estiraven damunt d'un gran llit on jeien una vintena d'aquells embriacs[6], completament embrutits.

Fix i Passepartout van adonar-se que havien entrat en un fumador, un parany per a aquelles criatures idiotitzades a les quals la Gran

5 parroquià: aquí, client habitual.
6 embriac: amb les facultats pertorbades per l'efecte d'alguna substància estupefaent.

Bretanya ven, sense cap mena d'escrúpol i amb beneficis milionaris, la droga funesta anomenada opi.

El govern xinès ha provat d'aturar aquest abús amb lleis severes, però ha estat debades. Arreu de la Xina, i també a Hong Kong, homes i dones es lliuren a la inhalació d'aquest fum deplorable i s'hi tornen addictes. Els més malalts arriben a fumar fins a vuit pipes diàries i moren al cap de cinc anys.

Tanmateix, Fix i Passepartout van seure en aquell establiment i van demanar dues ampolles de porto[7]. El francès va beure amb set, mentre Fix, que amb prou feines tocava el got, l'estudiava i rumiava la millor manera d'abordar la qüestió.

—Us he de parlar d'un afer molt seriós —va dir a la fi—. Ja heu endevinat qui sóc?

—Naturalment que sí! —va fer Passepartout, acabant d'escurar una ampolla—. I permeteu que us digui que aquells *gentlemen* del Reform Club per a qui treballeu són uns bergants. El meu amo és una persona honrada. No mereix, és ofensiu, que us hagin encarregat de vigilar-lo. Teniu sort que no us hagi delatat al senyor Fogg!

Aquest discurs del francès va deixar el detectiu parat. Què s'empatollava Passepartout? Com havia arribat a aquella conclusió sense cap ni peus? En qualsevol cas, era clar que parlava de bona fe, que no sospitava que el senyor Fogg fos un lladre.

«Això està bé —va pensar—. Aquest xicot potser encara m'ajudarà.» I aleshores, amb veu solemne, va declarar:

—Us equivoqueu. No tinc res a veure amb aquesta aposta absurda entre cavallers. Sóc detectiu de la policia de Londres. Mireu...

7 porto: vi negre, dolcenc, que s'elabora a Portugal i és molt apreciat pels britànics com a aperitiu.

I Fix va mostrar a Passepartout la seva credencial.

—Vós... Policia! —es va ennuegar el francès.

—L'aposta del senyor Fogg només és una excusa, amic meu —va continuar el detectiu—. Us ha enganyat a vós i als membres del Reform Club.

—I per què ens havia d'enganyar? —va parpellejar Passepartout.

—Escolteu. Un robatori de cinquanta-cinc mil lliures va ser comès al Banc d'Anglaterra per part d'un individu del qual tenim la descripció. La porto amb mi i, si voleu, us l'ensenyaré. Llavors us adonareu que coincideix tret per tret amb la del senyor Fogg.

—No m'ho puc creure! —Passepartout va donar un cop de puny a la taula—. L'amo és la persona més honrada d'aquest món!

—I què en sabeu, vós? —va respondre Fix—. Ni tan sols el coneixeu! Vau entrar al seu servei el mateix dia que marxava, i de quina manera va marxar! A corre-cuita, amb l'excusa d'una juguesca esbojarrada, sense equipatge i amb una bossa farcida de diners!

Passepartout s'agafava el cap amb les mans. Phileas Fogg, un lladre? El benefactor d'Aouda, l'home de cor noble i valent... Impossible! I tanmateix, el raonament del policia semblava prou acceptable.

—He seguit el senyor Fogg des de Suez —va insistir Fix—, però encara no he rebut l'ordre d'arrest que vaig demanar a Londres. Cal que m'ajudeu a retenir-lo a Hong Kong...

—Que jo...

—Ajudeu-me i ens repartirem la prima de dues mil lliures que ha promès el Banc d'Anglaterra.

—Mai de la vida! —va cridar Passepartout, tractant d'aixecar-se.

Però va haver de tornar a seure. Les forces i la raó, enterbolides per l'impacte de la revelació i la beguda, l'abandonaven.

—Senyor Fix —va balbucejar—, encara que fos veritat el que dieu... encara que l'amo fos un lladre, cosa que nego rotundament... jo, que he estat al seu servei i l'he conegut bo i generós... jo... per res no el trairia, ni per tot l'or d'aquest món!

—Així, us negueu a ajudar-me?

—M'hi nego.

—D'acord. Fem veure que no he dit res i bevem, amic meu.

—Això mateix, bevem!

L'embriaguesa afectava ja el pobre Passepartout, i Fix, que havia comprès que havia d'apartar-lo de l'amo fos com fos, va decidir embriagar-lo del tot. Damunt la taula hi havia una d'aquelles pipes carregades amb opi. Va posar-la a la mà del francès. I aquest, sense saber què feia, se la va acostar als llavis, la va encendre, va fer unes quantes pipades i va caure rodó.

—Molt bé —va dir-se Fix, veient-lo inconscient—. El senyor Fogg no rebrà a temps l'avís de la sortida del *Carnatic*, i si marxa, almenys ho farà sense aquest maleït francès.

Després va pagar la beguda i la pipa i va sortir de la taverna.

CAPÍTOL XV

PHILEAS FOGG I EL DETECTIU FIX PER FI ES CONEIXEN PERSONALMENT I EMPRENEN PLEGATS UNA AVENTURA MARÍTIMA

A quarts de nou de l'endemà, poc abans de la marea alta, Phileas Fogg i la senyoreta Aouda van presentar-se al port. Els seguia un mosso que empenyia un carretó amb l'equipatge de la jove: roba i complements de tocador comprats la tarda anterior, perquè el *gentleman* havia insistit que una dama no podia viatjar només renovant, de tant en tant, les camises i els mitjons.

Tenien l'esperança que al port trobarien el pobre Passepartout. I en qualsevol cas, tenien la seguretat de trobar-hi el *Carnatic*. Però no van trobar-hi ni l'un ni l'altre.

Ningú no podria endevinar què pensava el senyor Fogg de la desaparició del seu criat. Quant al fet que el vaixell ja hagués salpat, va limitar-se a dir:

—És un incident, senyoreta Aouda. Res més que un incident.

En aquell moment, se'ls va atansar el detectiu Fix. Va saludar-los i, fingint-se decebut, va explicar:

—També jo, senyors, volia embarcar-me cap a Yokohama. Però acabo d'assabentar-me que el *Carnatic* va salpar ahir al vespre sense avisar. Ara ens caldrà esperar vuit dies el següent vaixell...

Per dins, el policia era feliç i pensava: «Fogg retingut vuit dies a Hong Kong! Hi ha temps de sobres perquè arribi l'ordre d'arrest!». Imaginem l'ensurt que va tenir quan Fogg va contestar:

—Diria que en aquest port hi ha molts vaixells, a més del *Carnatic*.

I el *gentleman*, agafant del braç la seva companya, seguit pel mosso i el carretó, va començar una llarga recerca pels molls. Fix, rondinant per sota del nas, els anava al darrere. Però, tres hores de converses amb patrons i mariners no van servir per trobar el que buscaven. Cap vaixell no estava preparat per salpar. Però el senyor Fogg no desistia. Ja havia pres la decisió de buscar embarcació en els ports veïns de la Xina, quan se li va acostar un llop de mar.

—Necessiteu un vaixell, senyor?

—Teniu un vaixell llest per salpar?

—La goleta[1] més veloç de la flota de Hong Kong, la *Tankadère*. Sóc John Bunsby, el seu patró. Voleu fer una passejada per mar?

—No, un viatge. He perdut el *Carnatic* i em cal ser a Yokohama el dia 14 per agafar el vapor de San Francisco. M'hi portaríeu?

—A Yokohama! —exclamà el patró—. Que feu broma, senyor?

—En absolut. Us pagaré cent lliures diàries i dues-centes més de prima si hi arribem a temps.

El patró va restar pensatiu. Es debatia entre el desig de guanyar una petita fortuna i el temor d'emprendre una aventura llunyana. El detectiu Fix passava una angoixa de no dir.

1 goleta: vaixell de vela ràpid i lleuger, generalment de dos pals.

—Què decidiu, patró? —va demanar Phileas Fogg.

—No puc arriscar les nostres vides en una travessia de mil siscentes milles,[2] en època de temporals i en una embarcació petita com la meva. A més, no arribaríem a temps.

Fix va respirar tranquil.

—Ara bé... —va afegir el patró.

I Fix es va quedar sense respiració.

—El vapor de San Francisco, el *General Grant*, no surt de Yokohama. Només hi fa escala. Té l'origen en el port xinès de Xangai. Conec cada vaixell que solca aquestes aigües i us juro pel meu honor que el *General Grant* salpa d'aquell port el dia 11 a les set de la tarda. Amb la mar i el cel a favor, podríem recórrer en quatre dies les vuit-centes milles que ens en separen.

—I quan estaríeu llestos per salpar?

—D'aquí a una hora, el temps just per poder-nos proveir de queviures.

—Tracte fet, doncs —va concloure el senyor Fogg; i aleshores, girant-se cap a Fix, va preguntar—: Voleu aprofitar l'ocasió?

—Anava a sol·licitar-vos aquest favor —va fer el policia, decidit.

—Però, què passarà amb el pobre Passepartout? —va demanar la senyoreta Aouda, que es preocupava d'allò més pel xicot.

—Faré el que pugui per ell —va prometre Phileas Fogg.

I sense perdre temps, va anar a la comissaria central de Hong Kong, va donar les senyes de Passepartout i va deixar-hi una suma que en garantiria la repatriació. Va fer el mateix al consolat francès i després va tornar al port.

2 Es tracta de milles marines, no pas terrestres. La milla marina equival a 1.852 metres. Per tant, la distància entre Hong Kong i Yokohama és d'uns 2.963 quilòmetres.

La *Tankadère*, de pavelló[3] anglès, era una goleta petita i lleugera, de línies tan fines que més aviat semblava un iot destinat a competir en regates. Eren les tres i deu de la tarda quan els nostres viatgers van fer-se a la mar.

Tenien per endavant una navegació de vuit-centes milles que no estava lliure de perills. La mar de la Xina, a la tardor, pateix l'assot de vendavals terribles, i tot just ara estaven a primers de novembre. Però el patró John Bunsby i els seus quatre mariners eren homes audaços i coneixien aquelles aigües admirablement.

—Veig que no cal que insisteixi a demanar-vos la velocitat més gran possible —va dir el senyor Fogg al patró quan va veure amb quin aire decidit, amb tot el velam desplegat, solcava les ones la *Tankadère*.

—Podeu confiar en mi —va respondre el patró.

I sí que hi podia confiar. Els dos primers dies, la goleta va mantenir un ritme exemplar. La tripulació, esperonada per la prima de dues-centes lliures, estava pendent en tot moment de la tensió de les veles i l'eixàrcia[4], a fi d'obtenir el màxim rendiment de l'empenta del vent.

Com que l'única cabina de bord era estreta i poc confortable, els viatgers preferien passar el temps a coberta: Phileas Fogg, dempeus i amb les cames separades, ferm com un mariner, i la senyoreta Aouda, asseguda a popa, emocionada per la panoràmica de l'oceà. La noia enyorava Passepartout, desaparegut en circumstàncies misterioses, i es consolava pensant que tal vegada, per un malentès, el xicot havia embarcat al *Carnatic* a l'últim moment. Si aquest era el cas,

3 pavelló: bandera.
4 eixàrcia: conjunt de caps (cordes) que sostenen les veles i els pals d'un vaixell.

aviat es retrobarien. Phileas Fogg, val a dir-ho, compartia la mateixa opinió.

Quant al detectiu Fix, es mantenia apartat. Li repugnava parlar amb aquell home al qual volia arrestar, però que havia tingut la gentilesa d'embarcar-lo, i a més a més de franc! «És un murri ben educat, cal reconèixer-ho —s'anava dient—, però és un murri, al capdavall. I dels més llestos! Quin serà el seu proper pas? Perdre's en la immensitat dels Estats Units per viure com un rei amb el botí del robatori? Potser sí, o potser tindrà la barra de tornar a Anglaterra. Deu pensar que ha despistat la policia amb tot aquest rebombori de la volta al món. Però jo, Fix, no el deixaré de petja[5]. Arrestar-lo és la meva obligació!»

La matinada del dia 9, la *Tankadère* es va endinsar en l'estret de Formosa, que separa l'illa del mateix nom de la costa xinesa,[6] i va travessar el tròpic de Càncer. En endavant, la navegació ja no va ser tan plàcida, ni de bon tros!

El vent va refermar. Llargues onades els envestien per popa i, si miraven enrere, podien veure una gran nuvolada negra que els perseguia. El patró John Bunsby va confessar a Phileas Fogg:

—Senyor, aviat ens les haurem amb un tifó[7], i això em preocupa.

—El tifó ens arriba del sud —va ser la resposta—. Ens empenyerà cap a la nostra meta.

—Vist d'aquesta manera —va replicar el patró—, no tinc res més a dir!

I va prendre precaucions per afrontar la tempesta. Va manar tan-

5 no deixar de petja: perseguir de ben a prop, implacablement.
6 Es tracta de l'estret i l'illa de Taiwan, antigament coneguda pel nom portuguès de Formosa.
7 tifó: tempesta tropical, de gran violència, característica de les mars nord-occidentals del Pacífic.

car les escotilles[8], a fi que l'aigua no pogués entrar al casc, i va fer arriar totes les veles. Només una trinquetilla[9] molt resistent va ser hissada a proa per tal de mantenir la goleta amb el vent a la popa.

Els passatgers, malgrat les recomanacions, es van estimar més romandre a coberta. La cabina, tan petita i sotmesa a les sacsejades de l'onatge, s'havia convertit en un infern.

I finalment va atrapar-los el tifó. Equipada només amb la vela de proa, la goleta va ser empesa com una ploma pel vent huracanat. Tallaríem curt si diguéssim que la seva velocitat quadruplicava la d'una locomotora! Vint vegades, en el transcurs de la jornada, la *Tankadère* va estar a punt de ser esclafada per aquelles muntanyes d'aigua que s'alçaven a popa, i vint vegades un hàbil cop de timó va evitar la catàstrofe. Els nostres viatgers, xops de cap a peus per les esquitxades, ho suportaven amb filosofia. Fix, és clar, rondinava. Però la intrèpida Aouda, amb els ulls clavats en el senyor Fogg, la sang freda del qual admirava, es mostrava digna d'ell i desafiava la tempesta al seu costat.

Cap al vespre, el vent desbocat, que fins llavors els havia estat profitós, va canviar de direcció. L'onatge gegantí es va llançar contra els costats de la *Tankadère* i aleshores sí que va esdevenir perillós.

—Penso, senyor Fogg —va dir el patró—, que hauríem d'arrecerar-nos en algun port.

—Jo també ho penso —va contestar el senyor Fogg, calmós com sempre—. I aquest port és Xangai.

El patró va trigar uns segons a comprendre la ferma resolució que hi havia darrere d'aquelles paraules. Després va exclamar:

8 escotilla: cadascuna de les obertures que permeten transitar entre les diferents cobertes d'un vaixell.
9 trinquetilla: vela triangular que s'hissa a proa del vaixell.

—Doncs, endavant, senyor! Rumb a Xangai!

La nit va ser terrible. I va ser per miracle, que la goleta no va naufragar. Però va arribar el nou dia, i amb aquest, feliçment, el vent va tornar a bufar en la bona direcció. La bonança, a més, es va anar restablint amb el pas de les hores, de tal manera que aquella nit van poder veure alguns estels que brillaven entre els núvols. A l'alba, amb la mar cada cop més calmada, el patró va anunciar que els separaven menys de cent milles de Xangai. Tanmateix, el tifó els havia endarrerit i la preocupació va manifestar-se a bord. Tothom, llevat de Phileas Fogg, sentia el cor bategar d'impaciència.

A migdia faltaven quaranta-cinc milles per a la meta, i els mariners, maniobrant amb el velam, s'escarrassaven tant com podien per recollir la brisa. A les sis de la tarda només faltaven deu milles, però encara en faltaven tres quan van tocar les set, l'hora fatal en què el *General Grant* salpava de Xangai.

El patró John Bunsby va deixar anar una maledicció. La prima de dues-centes lliures se li escapava! Va mirar el senyor Fogg, que romania impassible malgrat que la seva fortuna era en joc en aquell moment... També en aquell moment, van veure la fumera d'un transatlàntic que navegava per l'horitzó.

—Senyals! —va dir simplement Phileas Fogg.

A proa de la *Tankadère* hi havia un petit canó que servia per fer senyals en temps de boira. El canó va ser carregat amb pólvora.

—Pavelló a mig pal! —va afegir el senyor Fogg.

Aquest és un senyal de socors; qualsevol vaixell que veiés la bandera a mig pal canviaria el rumb per acudir a l'auxili.

—Foc! —va ordenar el senyor Fogg.

I la detonació del petit canó va retrunyir en el cel de la tarda.

Capítol XVI

Passepartout s'adona que, fins i tot als antípodes, és prudent de dur alguns diners a la butxaca

A la taverna del port de Hong Kong, amuntegat sobre el gran llit amb una vintena d'embriacs, Passepartout tenia malsons. Això era perquè, fins i tot en el sopor[1] provocat per l'opi, el perseguia una idea fixa. A la fi aquesta idea el va despertar, i aleshores, en lluita contra l'efecte del narcòtic, trontollant i ensopegant, caient i aixecant-se, va sortir del fumador mentre cridava com en un somni:

—El *Carnatic*! El *Carnatic*!

El vaixell era al moll, amb la xemeneia que fumava, llest per fer-se a la mar. Passepartout es va arrossegar passarel·la amunt i va caure desmaiat a coberta en l'instant precís que salpaven.

Uns mariners, acostumats a aquesta mena d'espectacles, el van baixar a una cabina de segona classe d'on no va sortir fins l'endemà, quan ja eren a cent cinquanta milles de la costa. A coberta bufava

1 sopor: adormiment, somnolència, ensopiment.

un vent fresc que aclaria el cap i reviscolava el pensament. Llavors, per fi, Passepartout va recordar els esdeveniments del dia anterior, les confidències de Fix i la mala experiència a la taverna.

«Aquell bergant[2] em va embriagar per desempallegar-se de mi! —va dir-se—. En tot cas, no he perdut el vaixell, i això és el més important. Ja cal que em presenti a l'amo i li demani disculpes.»

Dit i fet, va buscar Phileas Fogg i la senyoreta Aouda, de primer a coberta, i després al gran saló. Però com que no els trobava, va anar a veure el sobrecàrrec[3] i el va interrogar.

—Aquestes persones no han embarcat —va ser la resposta—. Aquí teniu la llista de passatgers. Consulteu-la vós mateix...

A Passepartout, el cor li va fer un salt.

—Segur que som a bord del *Carnatic*? —va demanar.

—Segur.

—Rumb a Yokohama?

—A Yokohama, i tant!

Passepartout es va deixar caure en una butaca. Tot d'un plegat recordava que havien avançat la sortida del vaixell, i que ell no havia avisat el senyor Fogg per culpa d'aquell policia enredaire.

«A hores d'ara, l'amo ha perdut l'aposta i està arruïnat —va gemegar—. Fins i tot pot ser que Fix l'hagi empresonat! Ah, el gran bergant! Ja passarem comptes si mai l'enxampo!»

Va recuperar, però, aviat la sang freda i va estudiar la situació. Era camí del Japó i sense una trista moneda a la butxaca. Sortosament, la cabina i els àpats a bord estaven pagats, i calia que en tragués el màxim profit. Per tant, en les jornades que van seguir, Passepartout

2 bergant: brètol, mala persona.
3 sobrecàrrec: en un vaixell, oficial que supervisa l'allotjament i l'alimentació dels passatgers.

va menjar com si el Japó fos un desert desproveït de qualsevol substància comestible.

El *Carnatic* va ancorar al port de Yokohama el matí del dia 13. Aquesta ciutat del Pacífic, situada a la badia de Tòquio i a ben poca distància de la capital imperial, és d'una gran importància estratègica, ja que hi fan escala tots els vaixells de correu i de passatge que naveguen entre la Xina i la costa oest de l'Amèrica del Nord.[4]

Passepartout, sense equipatge i amb les mans a les butxaques, hi va desembarcar i va vagarejar a l'atzar. Podia demanar ajut als cònsols francès o anglès, però abans de veure's forçat a explicar-los la seva història, tan íntimament lligada a la del seu amo, va preferir explorar les possibilitats que li oferia l'anomenat país del Sol Naixent.[5]

Va recórrer el barri europeu sense que l'atzar l'ajudés en res, i tot seguit va endinsar-se en la ciutat indígena. Pertot s'alçaven portals sagrats d'estranya arquitectura, pontets amagats entre canyes i bambús i convents dins dels quals mandrejaven els monjos budistes. Els carrers bullien d'homenets que semblaven retallats d'alguna pintura del país, d'infants de galtes rodones i de guàrdies amb barrets punxeguts i dues espases a la cintura. De tant en tant, es creuava amb alguna dona d'ulls ametllats i cos menut que caminava amb passes curtes, embolcallada amb un vistós quimono[6] ce-nyit a l'esquena per un gran llaç que recordava una papallona.

4 A mitjan segle XIX, el Japó, collat per una profunda crisi econòmica i amenaçat amb la guerra per les potències occidentals, es va veure obligat a abandonar la política d'aïllament que havia mantingut durant dos segles i a obrir ports per al comerç internacional. Un d'aquests ports va ser Yokohama, inaugurat l'any 1859 a l'indret d'un petit poblet de pescadors.

5 El mot *Japó* prové del mot *Nippon*, que en japonès antic vol dir «origen» o «naixement del Sol».

6 quimono: vestit tradicional japonès, consistent en una túnica de mànigues amples, creuada per davant i cenyida amb una faixa.

Al cap i a la fi, veient que la sort tampoc no l'afavoria en aquell ambient popular, Passepartout va sortir al camp i va caminar entre els arrossars i els horts on creixien pruneres i cirerers, arbres que al Japó cultiven més per l'afició a les flors que no a la fruita. No hi havia pi centenari al cim del qual no hi fessin niu les àligues, ni rierol que no acollís, a les seves ribes, alguna parella d'aquests alts ocells camallargs, les grues, que els japonesos tracten de «senyories» i que simbolitzen per a ells la longevitat i la felicitat.[7]

Era de nit quan va tornar a la ciutat. Malgrat el que havia arribat a engolir a bord, començava a tenir una gana que l'alçava i les flaires que sortien dels restaurants i les cases de te li resultaven un veritable turment. Passepartout va haver de resignar-se a passejar, més afeblit per la fam a cada passa, fins que, a l'alba, va prendre una decisió.

Va entrar a la botiga d'un revenedor indígena i va canviar el seu vestit europeu per una vella bata japonesa i unes quantes monedes amb les quals es va pagar un bon àpat d'ànec amb arròs. Després ja sí, amb energies renovades, va poder dedicar-se a trobar la manera de sortir del Japó.

«Buscaré feina de criat o cuiner a bord dels vaixells que salpen cap a San Francisco —va pensar—. Em conformo que em paguin amb el passatge i el menjar.» Però de seguida va reflexionar: «¿I quin vaixell em donaria feina, sense cap mena de recomanació i amb la disfressa que m'he posat?». Tot rumiant, la seva mirada va fixar-se en un gran cartell, escrit en anglès, que anunciava:

7 Els pins i les grues són motius molt presents en la pintura de paisatges japonesa, i justament aquests paisatges són els que vol evocar Jules Verne amb les seves paraules. Quant a la grua, es tracta de l'espècie *japonesa* o *de Manxúria*, que és blanca, amb les potes, el coll i la cua negres, i amb una taca d'un vermell intens al capell; el seu nom científic és *Grua japonensis*.

Companyia japonesa acrobàtica
del gran William Batulcar

*

Últimes representacions
abans del trasllat als Estats Units
dels nassuts del déu Tengu![8]

Al costat del cartell s'obria la porta d'una barraca guarnida amb tot de banderoles. Passepartout hi va entrar i va demanar pel senyor Batulcar. Aquest, de primer, el va prendre per japonès.

—Què voleu? —li va preguntar.

—Necessiteu un criat, senyor?

—Ja en tinc dos. Són forts i lleials, i em serveixen de franc a condició que els alimenti —va respondre el gran Batulcar, alhora que flexionava davant del xicot els seus dos braços robustos.

—Ves per on! Tant que em convenia marxar amb vós a Amèrica...

—Però, dimoni! —va exclamar Batulcar—. Sou tan japonès com jo sóc mico! Pel vostre accent, diria que sou francès, i els francesos són bons fent de pallasso. Això m'aniria bé. I sembleu fort, també. I potser fins i tot sabeu cantar...

—Si cal, puc cantar de cap per avall! —va contestar Passepartout—. Teniu al davant un acròbata veterà, dels millors de París!

Així va anar que el xicot ingressés a la companyia del gran Batulcar, i que aquella mateixa tarda fes el seu debut.

8 De «tengus», en realitat, n'hi ha més d'un. Són divinitats burletes, capaces de volar, de parlar sense obrir la boca i d'esquitllar-se dins els somnis. Són entremaliats i els agrada fer la guitza, sobretot a aquells que infringeixen la llei o la moral. Però molt sovint també vetllen per la felicitat dels humans. Es caracteritzen pel seu nas llarg i, de vegades, per un parell d'ales.

A les tres en punt, davant d'un nombrós públic occidental i japonès, amb l'acompanyament d'una orquestra de gongs, timbals, castanyoles i flautes, va començar la funció. Cal reconèixer que els japonesos són els millors equilibristes del món. Un d'ells es valia d'un ventall per fer voleiar bocins de paper de colors com si fossin papallones. Un altre, amb el fum blau de la seva pipa, dibuixava en l'aire paraules que afalagaven el públic. Quant als exercicis amb sabres i baldufes, eren tan prodigiosos que són impossibles de descriure aquí. Però l'atracció principal de l'espectacle eren els nassuts, uns artistes extraordinaris que Europa encara no coneix.

Aquests nassuts formen una corporació especial sota la invocació directa del déu Tengu. Van vestits de coloraines i porten dues ales cosides a l'esquena. Però allò que de debò els caracteritza és el nas postís de canya de bambú, que fa entre un i dos metres de llargària. Amb aquest nas, els nassuts executen tota mena d'equilibris, com ara la «piràmide humana» en què el nostre xicot es disposava a participar amb quaranta-nou equilibristes més.

Arribat el moment, Passepartout va entrar en escena i va col·locar-se amb els col·legues que havien de formar la base de la piràmide. Van estirar-se a terra amb els nassos apuntant al cel. Un segon grup d'equilibristes va enfilar-se en aquests llargs apèndixs i, al seu torn, va oferir els seus per a un tercer grup, que va fer el mateix amb un quart. L'efecte d'aquells nassos que aguantaven tot el pes només per la punta era corprenedor[9]! Aquell monument d'homes i nassos gairebé tocava el sostre!

9 corprenedor: que captiva el cor.

Però, aleshores, enmig dels aplaudiments ensordidors, alguna cosa va fallar a la base. La piràmide va trontollar uns segons i finalment es va ensorrar com un castell de cartes...

La culpa va ser de Passepartout, que havia abandonat el seu lloc sobtadament i ja volava cap als bancs del públic sense l'ajut de les ales.

—Amo! El meu amo! —va exclamar, llançant-se als peus d'un espectador.

—Tu?

—Sí, jo!

—En aquest cas, xicot, afanyem-nos cap al vaixell!

Phileas Fogg i la senyoreta Aouda, seguits per Passepartout, van fer via cap a fora de la barraca, però va interceptar-los el gran Batulcar. L'home estava furiós i reclamava una compensació per «danys i perjudicis». El senyor Fogg li va posar un grapat de bitllets a la mà i el va apartar del pas.

A dos quarts de set, els nostres viatgers pujaven per la passarel·la del transatlàntic, que ja es disposava a salpar. Passepartout encara anava amb les ales a l'esquena i el nas de metre i mig enganxat a la cara!

Capítol XVII

La travessia del Pacífic

És fàcil imaginar com havia acabat l'aventura dels passatgers de la *Tankadère*. Gràcies als senyals de socors, havien aconseguit que el *General Grant*, el transatlàntic sortit de Xangai amb escala a Yokohama i destinació a San Francisco, desviés el rumb per anar-los a l'encontre. Phileas Fogg i els seus acompanyants, després de pagar al patró John Bunsby els jornals i la prima promesos, hi van embarcar i van comprar els bitllets pertinents.

El matí del dia 14 de novembre arribaven a Yokohama. En aquest port, Fix es va acomiadar per ocupar-se dels seus assumptes, i el senyor Fogg va visitar el *Carnatic*, on es va assabentar, amb gran goig per a la senyoreta Aouda, que Passepartout havia desembarcat el dia abans.

Com que aquell mateix vespre continuaven la travessia cap a San Francisco, Phileas Fogg es va afanyar a buscar el seu servent. Debades va preguntar als cònsols de França i d'Anglaterra, i debades va recórrer els carrers de Yokohama. Començava a fer-se la idea que no trobaria Passepartout, quan l'atzar, o potser un pressentiment, el va empènyer a entrar a la barraca del gran Batulcar. Allà, tal com hem relatat en el capítol anterior, es van retrobar amo i criat.

De l'aventura de la *Tankadère*, se'n va assabentar Passepartout per boca de la senyoreta Aouda. Però el xicot no va arrufar ni una cella quan va sentir el nom de Fix. Havia decidit que no era el moment de delatar el policia al seu amo. De manera que, quan va narrar les seves peripècies, es va acusar d'haver fumat opi sense conèixer-ne els efectes i va demanar perdó per haver-se embriagat a Hong Kong.

El senyor Fogg va escoltar-lo amb aquella fredor seva, i no el va renyar, sinó que es va limitar a donar-li diners perquè es comprés, a bord mateix del vaixell, un vestit més adient que no la vella bata japonesa.

El *General Grant* era un vapor que es propulsava mitjançant dues rodes enormes muntades als costats. La velocitat que aquesta maquinària li proporcionava, augmentada amb l'ús accessori de grans veles, li permetia de travessar el Pacífic en vint-i-un dies. D'aquí que Phileas Fogg tingués bones raons per creure que, si arribaven a San Francisco el 2 de desembre, serien a Nova York el dia 11, i a Londres el 20, un dia abans de la data fatal del 21 de desembre.

La travessia, val a dir-ho, transcorria sense incidents. El cel era serè i l'oceà Pacífic es mostrava digne del seu nom. El senyor Fogg continuava tan calmós i poc comunicatiu com sempre, i aquest caràcter silenciós, unit a la seva generositat, impressionava la senyoreta Aouda més que no reconeixia ella mateixa. Li generava un sentiment d'atracció envers el *gentleman* que no era tan sols agraïment. A més, la noia s'interessava vivament per la volta al món del seu benefactor. Li preocupava que passés res que pogués comprometre el viatge, i compartia aquesta inquietud amb Passepartout.

El 23 de novembre, nou dies després d'haver salpat de Yokohama, havien recorregut exactament la meitat del globus terrestre. En efecte, aquell dia el *General Grant* va creuar el meridià cent vuitanta, que és just als antípodes del meridià zero, que passa per Londres.[1] I si bé era cert que havien invertit cinquanta-dos dies dels vuitanta de què disposaven, també era veritat que, en endavant, la ruta era pràcticament recta i que Fix ja no era allà per posar-los entrebancs.

Almenys, això és el que pensava Passepartout...

Però s'equivocava.

En arribar a Yokohama, el detectiu havia corregut al consolat anglès, on finalment li havien lliurat l'ordre d'arrest que tant esperava. Feia quaranta dies que aquell paper, enviat des de Londres, el seguia per terres d'Àsia, i quan a la fi l'atrapava, ja eren fora de territori britànic i no servia per a res! No costa gens d'imaginar la decepció, l'amargor tan profunda, que va patir Fix en aquell moment.

«Sigui com sigui —va dir-se, passada l'enrabiada inicial—, sembla que el lladre, si no és que es queda als Estats Units, planeja tornar a Anglaterra. Es pensa que ha despistat la policia! Però jo el seguiré, i tant que sí, i Déu vulgui que, quan l'arresti en terra anglesa, no s'hagi gastat tots els diners del botí!»

Havent pres aquesta decisió, Fix va embarcar-se en el *General Grant*. Però es va haver d'amagar a la cabina quan va descobrir Pas-

1 El meridià zero és conegut, també, com a meridià de Greenwich, perquè és a l'antic observatori astronòmic d'aquesta població, propera a Londres, on es van prendre les mesures pertinents per traçar els meridians que permeten de calcular la longitud geogràfica de cada indret de la Terra.

separtout entre els passatgers. El maleït francès se n'havia sortit! Havia escapat del parany de la taverna de Hong Kong! A Fix, la feina se li complicava encara més. Hauria de travessar tot el Pacífic tancat sota coberta? No, no, aquell tancament no es podia resistir. Finalment, aquell dia 23, tip d'estar-se tancat, es va arriscar a pujar a coberta, i aleshores se'l va topar cara a cara.

Passepartout el va envestir sense obrir boca. De seguida es va formar una rotllana de passatgers americans, que apostaven alegrement a favor del francès. I el francès va clavar una pallissa al detectiu, el va atonyinar fins que va haver desfogat tota la ràbia. Després, Fix es va aixecar, certament malmès, i li va etzibar:

—Oi que ja heu acabat? Doncs veniu, que parlarem.

I aquesta és la conversa que van mantenir en privat:

—M'heu ben apallissat, però ara m'escoltareu. Fins al moment, he estat un adversari per al senyor Fogg. En endavant, seré el seu aliat.

—Així, heu entès que l'amo és un home honrat? —va preguntar el criat, qui havia tornat a apretar els punys.

—No, per mi continua essent un murri. Ep! Pareu d'ensenyar-me els punys i escolteu! Mentre el senyor Fogg ha viatjat per territori britànic, he tractat d'arrestar-lo amb tots els mitjans; però, ara que és en terra estrangera, ja no puc fer res. No obstant això, com que m'ensumo que planeja tornar a Anglaterra, penso dedicar totes les meves energies a facilitar-li el camí. I ja us aviso que el detindré tan bon punt arribem a casa. Això, a vós, també us convé, perquè només llavors s'esclarirà si esteu al servei d'un criminal o d'un home honrat.

Passepartout va escoltar Fix atentament, i va quedar convençut que el detectiu parlava de bona fe.

—Tornem a ser amics? —va preguntar Fix.

—Amics, no. Només aliats —va contestar Passepartout, i va afegir—: Penso torçar-vos el ganyot[2] al primer indici de traïció...

Onze dies després, el 3 de desembre, el *General Grant* atracava a San Francisco. El senyor Fogg no havia perdut ni guanyat un sol dia.

2 ganyot: faringe; per extensió, el coll.

Capítol XVIII

Coneixem San Francisco un dia de míting

Eren les set del matí quan els nostres viatgers van posar els peus en el continent americà, si podem anomenar així el moll flotant en què van desembarcar. Aquests molls de fusta, que baixen i pugen amb la marea del Pacífic, faciliten la càrrega i la descàrrega dels vaixells, que hi eren amarrats per desenes: velers de totes les mides i vapors de totes les nacionalitats. A la vora, s'hi apilaven els productes d'un pròsper comerç que, des d'aquest port tan important, s'estén a Mèxic, el Perú, Xile, el Brasil, Europa, Àsia i Oceania.[1]

Passepartout, feliç de trepitjar per fi terra americana, i qui sap si enyorant els temps d'acròbata que va reviure a Yokohama, va celebrar el desembarcament amb un salt mortal que va fer tronto-

1 San Francisco és la segona ciutat més gran de l'estat de Califòrnia, després de Los Angeles. Es va formar al voltant d'una missió fundada l'any 1776 per frares franciscans espanyols. L'any 1846, després d'haver estat mexicana, la població va passar a mans dels Estats Units. Dos anys després, la descoberta d'or al territori va atraure desenes de milers de cercadors de fortuna. Quan el metall preciós es va esgotar, la construcció del ferrocarril que uneix les dues costes del país i l'auge del comerç marítim van permetre que San Francisco continués essent una ciutat pròspera, que atreia milers d'immigrants asiàtics i europeus.

llar el moll flotant de punta a punta, provocant un sonor clapoteig[2] i espantant una volada de pelicans.

El primer tren cap a Nova York sortia a les sis de la tarda. Tenien, doncs, un dia sencer per conèixer la gran urbs californiana. Phileas Fogg va demanar un cotxe i s'hi va acomodar amb la senyoreta Aouda, mentre Passepartout s'enfilava al pescant[3], al costat del cotxer.

El xicot esperava trobar la llegendària ciutat dels temps de la febre de l'or, quan hi campaven tota mena de malfactors i els minaires es jugaven les palletes[4] del metall preciós amb un revòlver en una mà i un ganivet en l'altra. Però el que Passepartout contemplava des de les altures del pescant hi tenia ben poc a veure: carrers amples, recorreguts per un sens fi de carruatges, òmnibus[5] i tramvies; cases baixes i ben arrenglerades, esglésies d'estil gòtic europeu, magatzems grans com palaus i voreres atapeïdes no solament d'americans i europeus, sinó també de xinesos i indis.

San Francisco és avui dia una ciutat comercial plena de gent atrafegada, amb alguns carrers tan elegants i plens de botigues luxoses que no tenen res a envejar a les avingudes més admirades de Londres o París.

A l'International Hotel van fer parada per dinar: vianda, sopa d'ostres i formatge anglès, servits per uns cambrers negres com l'atzabeja[6] que es captenien amb el refinament d'un *maître* del millor restaurant parisenc.

2 clapoteig: soroll que fa la superfície de l'aigua en ser agitada.
3 pescant: seient elevat del cotxer.
4 palleta: partícula d'or, tal com sol trobar-se en estat natural, barrejada amb la sorra.
5 òmnibus: vehicle públic per a molts viatgers; en aquest cas, un gran carruatge que fa les mateixes funcions que un autobús modern.
6 atzabeja: carbó mineral, molt negre i lluent.

En acabat, Passepartout va suggerir si, abans de pujar al tren, no seria prudent comprar unes quantes armes de foc. Havia sentit parlar dels indis sioux,[7] que assalten sovint els ferrocarrils. Al senyor Fogg va semblar-li una precaució innecessària, però va donar llibertat d'acció al seu criat. Després, amb la senyoreta Aouda, es va encaminar al consolat anglès per fer-se visar el passaport.

No havien recorregut dues-centes passes, quan van ensopegar amb Fix. El detectiu va fer veure que se sorprenia. Com podia ser que, havent travessat el Pacífic en el mateix vaixell, no haguessin coincidit a bord? En qualsevol cas, el policia sentia un gran plaer de reveure el *gentleman* que l'havia ajudat tant, i com que els seus afers de comerciant el portaven, ara, cap a Europa, estaria encantat que continuessin el viatge plegats.

Phileas Fogg va contestar que el plaer era compartit, i Fix, que no el volia perdre d'ull[8], es va oferir amablement a acompanyar-los.

De camí, havien de passar per Montgomery Street. Aquesta avinguda tan principal, on es concentra la banca de la ciutat, era plena de gom a gom. La gentada envaïa les voreres i la calçada, ocupava finestres i balcons i fins i tot els rails dels tramvies, que tenien grans dificultats per avançar. Arreu onejaven pancartes i banderes, i se sentia cridar:

—Voteu Kamerfield!

—Voteu Mandiboy!

Allò era un míting, i era tanta la passió dels ciutadans per un i altre candidat, que els nostres viatgers van concloure que devia tractar-se de l'elecció d'un alt càrrec, tal vegada del governador de l'estat.

7 Grup de tribus indígenes que vivien a les grans planes i a les muntanyes centrals de l'Amèrica del Nord. Aquesta ubicació, al bell mig del pas dels colonitzadors blancs cap a l'oest, va ser la causa de conflictes bèl·lics continuats. L'any 1890, definitivament vençuts, van ser confinats en reserves.
8 no perdre d'ull: vigilar de prop.

ANDIBOY
VOTE
CAMERFIELD
VOTE
CAMERFIELD
VOTE

Tot d'un plegat, una onada va recórrer la multitud i els crits es van multiplicar. Incomptables mans van començar a alçar-se i abatre's enèrgicament, com una forma curiosa de votar. Les banderes oscil·laven, desapareixien un moment i reapareixien estripades. Els remolins d'aquella marea humana es van anar estenent fins a arribar a l'escalinata on el senyor Fogg, la senyoreta Aouda i Fix s'havien refugiat. Aleshores, tot al seu voltant, van sentir-se paraules gruixudes i juraments, els pals de les banderes es van convertir en armes d'atac i les mans es van transformar en punys que pegaven a tort i a dret. Volaven sabates i barrets, i fins es van sentir uns quants trets.

Phileas Fogg i Fix tractaven de protegir la jove de les empentes i les manotades. El *gentleman*, si bé sense perdre la flegma, es va voler defensar amb les armes naturals que la natura ha disposat a l'extrem dels braços de tot anglès. Va ser debades. Un homenàs amb barbeta panotxa i espatlles amplíssimes va brandar damunt seu un puny enorme, amenaçant d'esclafar-li el cap. A l'últim instant, Fix s'hi va interposar. Va rebre la punyada al bell cim del cap i el barret li va quedar aplanat com una boina.

—Ianqui![9] —va exclamar el senyor Fogg, clavant en l'homenàs una mirada de menyspreu.

—Anglesot! —va contestar l'altre.

—Ens tornarem a veure!

—Quan vulgueu. Com us dieu?

—Phileas Fogg. I vós?

—Coronel Stamp W. Proctor.

9 Terme amb què els britànics anomenaven, despectivament, els colons que es van rebel·lar contra la Gran Bretanya a fi d'aconseguir la independència. Més tard, durant la guerra civil nord-americana, va ser emprat pels ciutadans dels estats del sud per referir-se als seus adversaris del nord. L'origen de la paraula és incert.

Després d'aquestes paraules, la riuada humana va seguir el seu curs.

—Gràcies —va dir el senyor Fogg al detectiu, quan van ser lluny de la gentada.

—No cal que me les doneu —va contestar Fix—. Proposo que busquem una botiga de roba.

I prou que els convenia, als dos homes, un vestit nou. El que portaven els havia quedat rebregat com si s'haguessin batut de tot cor per Kamerfield i Mandiboy!

Al cap d'una hora, havent renovat el vestuari i visat el passaport, van tornar a l'International Hotel per sopar. Allà van reunir-se amb Passepartout, que havia comprat mitja dotzena de revòlvers Colt de sis trets.[10]

Una ombra va enfosquir el front del xicot quan va veure l'amo i la senyoreta Aouda en companyia del detectiu, però l'ombra va escampar així que la noia va contar-li la peripècia del míting. «És ben clar —va dir-se Passepartout— que aquest bergant compleix la seva paraula i defensa el senyor Fogg com un veritable aliat.»

Havent sopat, van aturar un cotxe per anar a l'estació. Mentre hi pujaven, el *gentleman* va preguntar a Fix:

—El coronel Proctor no ha donat senyals de vida, oi que no?

—No —va contestar Fix.

—Doncs hauré de tornar a Amèrica per buscar-lo. No seria correcte que un ciutadà anglès es deixés maltractar d'aquesta manera.

El detectiu va somriure en pensar que Phileas Fogg, un cop a Anglaterra, ho tindria difícil per sortir de la presó.

10 Arma mítica dels temps de la conquesta de l'Oest americà. El va dissenyar el coronel Samuel Colt l'any 1836. Té un carregador giratori, amb capacitat per a sis bales, que gira automàticament després de cada tret. La velocitat i la capacitat de tir van ser la raó del seu èxit.

Uns minuts abans de les sis, en el moment que agafaven el tren, van interrogar un mosso:

—Mestre, què eren aquells disturbis al centre de la ciutat?

—Un míting i prou, senyors.

—Per escollir el governador de l'estat, oi que sí?

—No, senyors, un jutge de pau!

Amb aquesta resposta, van pujar al vagó i el tren va partir a tot vapor.

Capítol XIX

Cap al cor dels Estats Units

Ocean to ocean, aquest és el nom que donen els americans a la gran línia de ferrocarril que travessa els Estats Units en la seva amplada més gran i que uneix San Francisco, a la costa del Pacífic, amb Nova York, a la costa de l'Atlàntic, mitjançant una cinta de metall de més de sis mil quilòmetres.

Antigament, i només si les circumstàncies eren favorables, un viatger tardava sis mesos per anar d'una ciutat a l'altra. Actualment en té prou amb set dies, que és justament el temps de què disposava Phileas Fogg per arribar a Nova York el dia 11 i embarcar en el vaixell de Liverpool.

El vagó que el portava amb els seus acompanyants no tenia compartiments, sinó dues fileres de seients a banda i banda d'un passadís que recorria el comboi[1] de punta a punta, passant d'un vagó a l'altre per mitjà de plataformes. D'aquesta manera, els passatgers podien estirar les cames o buscar distracció en els vagons saló, restau-

1 comboi: conjunt de vehicles de transport que fan ruta plegats; en aquest cas, aplicat als vagons del tren.

rant o terrassa. Per fer el viatge encara més amè, constantment transitaven amunt i avall venedors de llibres i diaris, de licors, de comestibles i cigars.

Ja era fosc, i un cel ennuvolat amenaçava neu, quan el tren va sortir de San Francisco. Al vagó, s'hi parlava poc. Passepartout seia al costat de Fix, però no obria boca. La relació entre tots dos s'havia refredat notablement. Prou de simpatia, prou d'intimitat!

Com estava previst, va començar a nevar. El paisatge, a l'altre costat de les finestres, s'estenia com una immensa vànova blanca, damunt la qual rodolaven les espirals grises del fum de la locomotora.

A les vuit, un cambrer va anunciar que era l'hora d'allitar-se. I els respatllers dels seients, mitjançant un dispositiu ben enginyós, van ser reclinats i convertits en lliteres proveïdes de llençols blancs i coixins confortables. A més a més, unes cortines penjades estratègicament permetien a cada passatger de descansar com en la intimitat d'una cabina. En un obrir i tancar d'ulls, el vagó s'havia transformat en un dormitori.

L'endemà a les vuit, hora oficial de llevar-se, el tren s'enfilava al massís de Sierra Nevada.[2] Les vistes d'aquell país muntanyós corprenien els qui les contemplaven. Ara el comboi passava enganxat al faldar d'un imponent cim nevat, ara vorejava un precipici, ara s'endinsava en un estret congost d'on semblava que ja no havia de sortir. La locomotora, amb el gran fanal que centellejava amb reflexos rogencs i amb l'«apartavaques»[3] que sobresortia com un esperó[4]

2 Gran serralada de Califòrnia que s'estén tot al llarg de 650 quilòmetres, sovint per la frontera amb l'estat de Nevada. El seu punt culminant és el mont Withney, de 4.418 metres d'altitud.
3 L'«apartavaques» és un sortint situat al front de les antigues locomotores que servia per apartar els possibles obstacles que apareixien sobre les vies i evitar així qualsevol perill.
4 esperó: extrem de la proa d'un vaixell.

unia els seus xiulets al brogit dels torrents i les cascades, i embolcallava els avets amb el seu fum.

Cap a les nou, el tren entrava a l'estat de Nevada i començava a davallar pel vessant oriental de la serra. A les dotze, ja corria per la gran prada. Confortablement asseguts, els nostres viatgers contemplaven l'herbassar nevat, les muntanyes que s'alçaven al fons i els rierols borbollejants. Ara i adés, veien al lluny alguna ramada de bisons, massissa i en moviment com una muralla mòbil. De vegades, un exèrcit de milers d'aquests animals obstaculitza durant hores la via fèrria, i això és el que va passar en aquella ocasió.[5]

Cap a les tres de la tarda, una ramada de deu a dotze mil bisons va decidir de creuar els rails. La locomotora, després de reduir la velocitat, va provar d'introduir l'«apartavaques» en la columna immensa i compacta, però va haver de desistir.

Els bisons —o *bufallos*, com els anomenen els americans— travessaven la via amb pas tranquil, caminant sota la fina nevada, i feien uns bramuls[6] formidables. Superen en corpulència els braus d'Europa i tenen, damunt la poderosa esquena, un gran gep cobert d'una espessa crinera. Quan aquestes bèsties es posen en marxa, no hi ha res que les pugui aturar. Formen un torrent de carn viva que cap escullera no podria desviar.

Els passatgers, abocats a les plataformes, contemplaven aquell espectacle de la natura. Només Phileas Fogg, que era qui devia tenir

5 El bisó americà s'estenia antigament per bona part de l'Amèrica del Nord i formava ramades immenses com les que descriu Verne. Però, només uns deu anys després que els protagonistes d'aquesta novel·la travessessin el continent, amb prou feines en quedaven uns centenars. El bisó va ser caçat gairebé fins a l'extinció per diverses raons: perquè constituïa la base de l'alimentació dels pobles indígenes rebels, perquè calia alimentar els destacaments militars i els obrers del ferrocarril, i perquè es considerava que competien amb el bestiar domèstic per les pastures. El seu nom científic és *Bison bison*.
6 bramul: bram, crit del bisó, del bou i d'altres animals similars.

més pressa, romania assegut i esperava serenament que els bisons acabessin de passar. A Passepartout, ben al contrari, el retard l'enfuria.

—Quin país! —protestava—. Uns simples bous aturen els trens i desfilen tan tranquil·lament en processó, com si no destorbessin els afers de les persones honrades! I aquest maquinista, que no s'atreveix a llançar-los al damunt la locomotora!

Però el maquinista obrava amb prudència. En el cas que hagués envestit els bisons, hauria fet descarrilar el comboi. La desfilada va perllongar-se durant tres hores. Fosquejava quan els darrers animals travessaven la via, i aleshores l'avantguarda de la ramada ja desapareixia per l'horitzó llunyà.

En el decurs de la nit del 5 al 6 de desembre, el tren es va endinsar en l'estat d'Utah. A l'alba, el sol es va alçar com una enorme moneda d'or, es va deixar veure uns instants i de seguida va desaparèixer darrere la nuvolada grisa que cobria el cel.

Cap al migdia, els passatgers van poder contemplar la riba nord-oest del Gran Llac Salat. Aquesta mar interior tan admirable, vorejada de roques encrostades de sal, rep també el nom de mar Morta. Certament, és tan alta la densitat de sal de les seves aigües, que cap peix no hi sobreviu.[7]

Nevava a estones, suaument, mentre el tren continuava el seu viatge cap a l'est. Al llarg de la jornada va fer dues parades a les estacions reglamentàries, però les tres hores que havien perdut per culpa dels bisons ja havien estat recuperades i el programa de Phileas Fogg s'anava complint amb puntualitat.

7 El Gran Llac Salat té una superfície mitjana d'uns 4.500 quilòmetres quadrats, que minva o creix en funció de les pluges. Té una concentració de sal molt superior a la del mar. En determinats punts, aquesta concentració salina arriba a ser tan alta que és impossible enfonsar-s'hi. I si bé és cert que no s'hi troben peixos, hi viuen uns petits crustacis que atrauen grans quantitats d'ocells.

A més a més, el llarg trajecte estava resultant prou amè. Havien comprat dues baralles de cartes a un d'aquells venedors que recorrien el comboi, i el *gentleman*, Fix i la senyoreta Aouda distreien les hores jugant al *whist*. Passepartout, de temperament més nerviós, solia apostar-se a les plataformes i maleïa el clima, tement en tot moment que la neu afectés el bon funcionament de les rodes i provoqués un greu contratemps.

Però el primer contratemps seriós no va ser culpa de la neu, i es va produir l'endemà, dia 7, en territori de l'estat de Wyoming. Passat migdia, mentre travessaven les impressionants muntanyes Rocalloses, amb els seus pics salvatges que s'enlairen més amunt dels quatre mil metres,[8] es van sentir uns xiulets violents. Tot seguit, el tren es va aturar en un indret despoblat.

—Vés a veure què passa —va demanar el senyor Fogg a Passepartout, sense interrompre la partida de *whist*.

Uns quaranta passatgers havien baixat dels vagons i s'aplegaven al peu de la locomotora, on discutien el maquinista i un guardaagulles[9] enviat pel cap d'estació de Medicine Bow, la parada següent.

—No, no! No s'hi pot passar —deia el guardaagulles—. El pont està molt malmès, té cables trencats i no suportaria el pes del tren.

Parlava d'un pont suspès sobre un torrent, una milla endavant.

—I què proposeu? No deveu voler que ens quedem aquí, fent arrels a la neu!

Qui protestava era un homenàs amb barbeta panotxa i espatlles amplíssimes, aquell coronel Proctor que se les havia tingut amb el

8 Les muntanyes Rocalloses constitueixen la serralada més gran de l'Amèrica del Nord, amb una longitud d'uns 4.900 quilòmetres, i amb més de seixanta cims que superen els 4.000 metres d'altitud.
9 guardaagulles: encarregat de manejar les agulles o carrils mòbils que, a les cruïlles, serveixen per dirigir els trens per una via o una altra.

senyor Fogg als carrers de San Francisco. Passepartout n'havia sentit parlar, és clar, però no estava en condicions de reconèixer-lo.

—Coronel —va contestar el guardaagulles—, ja hem demanat un tren a l'estació d'Omaha,[10] però no arribarà a Medicine Bow, que és a l'altra banda del pont, abans de sis hores.

—Sis hores! —va gemegar Passepartout.

—Això mateix, senyor —va fer el guardaagulles—. De tota manera, és el temps que tardarem a arribar a peu a Medicine.

—A peu? I per la neu? —van exclamar els passatgers.

El coronel Proctor va esclafir en tot d'improperis contra el guardaagulles i la companyia del ferrocarril, i Passepartout es va sentir temptat d'imitar-lo. Davant d'aquell obstacle que els oposava la natura, els diners de l'amo no podien fer-hi res. Havia esclatat una bona cridòria quan el maquinista, alçant la veu, va dir:

—Senyors! Potser sí que hi ha una forma de passar.

—Però si el pont amenaça ruïna! —va insistir el guardaagulles.

—No hi fa res —va contestar el maquinista—. Si accelerem el tren al màxim, tenim algunes possibilitats.

La resposta de la majoria de passatgers va ser favorable.

—Endavant! Provem-ho! —cridaven.

No és pas que Passepartout tingués por. Però tot plegat li semblava massa esbojarrat, massa «americà». Tímidament, va començar a dir:

—Senyors, a mi em sembla que seria més prudent...

—Prudent? Què dieu de prudent? —s'hi va encarar aquell coronel Proctor—. Passarem a gran velocitat! Ho enteneu? A gran velocitat!

10 Aquesta ciutat de l'estat de Nebraska ha estat sempre un important nus ferroviari. És, a més, un dels centres ramaders i de la indústria càrnia més importants del món.

—Sí, sí, ja ho entenc —va insistir Passepartout—, però només dic que no ens arriscaríem tant si...

—Si què? —hi va tornar el coronel—. Sou un gallina, vós?

—Un gallina, jo? —es va picar el xicot—. Al tren ara mateix! Us demostraré que un francès pot ser tan americà com qualsevol de vosaltres!

—Ben dit! —va aplaudir-lo el maquinista, i va cridar—: Al tren! Passatgers al tren!

—Capsigranys —rondinava Passepartout, mentre tornava al vagó—. Hauria estat més natural fer passar pel pont, primer de tot, els passatgers, i després el tren...

Però ningú no el va escoltar, i quan va seure amb els companys, aquests ni tan sols el van mirar, de tan absorts com estaven en la partida de *whist*.

Aleshores la locomotora va xiular i va fer recular el tren per espai d'una milla, com l'atleta que agafa impuls abans de saltar. A continuació va xiular un altre cop i va fer marxa endavant, va accelerar i ben aviat va adquirir una velocitat esgarrifosa. Els eixos de les rodes fumejaven dins les caixes de greix i només se sentia el rugit de la màquina. Podem afirmar que el tren, rodant a cent milles per hora, ja no pesava sobre els rails. La velocitat compensava la gravetat.

I va passar! Va ser com un llamp. Ni tan sols van veure el pont. El comboi va saltar d'una riba a l'altra, i el maquinista no el va poder aturar fins que van haver sobrepassat en cinc milles l'estació de Medicine Bow.

El pont, definitivament malmès, s'havia esfondrat amb gran estrèpit sobre el torrent.

Capítol XX

Els nostres viatgers no tenen altre remei que estrenar els revòlvers

Aquell mateix vespre, el tren va prosseguir el seu camí sense ensopegar amb cap més obstacle, va deixar enrere el fort Sanders[1] i es va enfilar fins als dos mil cinc-cents metres sobre el nivell del mar, el punt més alt en el seu recorregut, abans de començar la baixada cap a les grans prades que s'estenen fins a l'Atlàntic.

Eren les onze de la nit quan van entrar a l'estat de Nebraska i les vuit del matí quan van passar pel fort McPherson. Ni Phileas Fogg ni els seus companys es queixaven de la durada del viatge. Es distreien jugant al *whist*, una partida rere l'altra. La senyoreta Aouda en coneixia bé les regles, perquè l'aprenentatge d'aquest joc havia format part de la seva educació anglesa. Passepartout amb prou feines aconseguia defensar-se. I Fix s'havia revelat com un jugador gairebé tan apassionat com Phileas Fogg. Però era a aquest a qui la sort

1 A mesura que els colons blancs avançaven cap a l'oest, es van anar construint forts que tenien la missió de pacificar els territoris.

acostumava a afavorir. En el decurs d'aquell matí, després de meditar una jugada audaç, el *gentleman* es disposava a anar a piques, quan va sentir una veu que deia:

—Jo, de vós, jugaria a rombes...

El senyor Fogg, la senyoreta Aouda i Fix van alçar la mirada. Qui havia parlat era el coronel Proctor.

—Ves per on! —va exclamar el coronel—. És el senyor anglès qui vol anar a piques! Doncs no en sabeu gaire...

—És probable que sigui més hàbil en un joc d'una altra mena —va dir Phileas Fogg, aixecant-se.

—Només depèn de vós provar-ho, anglesot! —va contestar aquell individu tan groller.

La senyoreta Aouda havia empal·lidit. Va agafar el braç del senyor Fogg, que va rebutjar-la dolçament. Fix va ficar-hi cullerada:

—És amb mi, amb qui us les heu de tenir, senyor —va dir al coronel Proctor—, perquè no solament em vau injuriar; també em vau apunyegar[2]!

—Amic Fix —va retenir-lo el senyor Fogg—, perdoneu, però aquest afer és de la meva incumbència. Quan el coronel ha pretès que sóc un mal jugador, m'ha insultat per segona vegada. Cal, doncs, que em doni una satisfacció.

—Quan vulgueu i on vulgueu —va contestar l'americà—, i amb l'arma que trieu.

Phileas Fogg, malgrat els precs de la senyoreta Aouda, va sortir amb el coronel a la plataforma.

—En una hora arribarem a l'estació de Plum Creek —va expli-

2 **apunyegar:** pegar amb el puny.

car el coronel—. El tren s'hi atura deu minuts. Hi ha temps de sobres per intercanviar uns quants trets.

—Em sembla bé —va respondre el senyor Fogg—. Baixarem a Plum Creek.

—I em penso que vós us hi quedareu —va afegir el coronel amb gran insolència.

—Qui ho sap, senyor —va contestar el *gentleman* amb la calma que el caracteritzava.

Aleshores va tornar al vagó i va procurar tranquil·litzar la senyoreta Aouda, dient-li que no s'ha de témer mai els fanfarrons, i va demanar a Fix que li fes de padrí en el duel, cosa que aquest no va poder refusar. Després, van reprendre la partida que havien deixat a mitges, i el senyor Fogg va jugar a piques.

A les onze, el xiulet de la locomotora va anunciar que s'acostaven a Plum Creek. El senyor Fogg, seguit de Fix i Passepartout, que li duia els revòlvers, van tornar a la plataforma i van trobar-se amb el coronel i el seu padrí, un altre americà de la seva mateixa jeia.

Ara bé, en el moment que el tren frenava a l'estació i anaven a baixar, el revisor els va cridar l'alto.

—Aquí no baixa ningú, senyors. Portem un retard de vint minuts i marxem immediatament.

—Però aquest senyor i jo tenim un afer pendent! —va protestar el coronel Proctor.

—Ho lamento d'allò més, senyor —va contestar el revisor—. De tota manera, res no us impedeix d'enllestir el vostre afer en marxa.

I, dit això, mentre sonava la campana i el tren arrencava un altre cop, els va conduir al darrer vagó del comboi. L'ocupaven una dotzena de passatgers, a qui el revisor va preguntar si els feia res de sortir el temps just per resoldre una qüestió d'honor. I és clar que no els feia res! Els passatgers, encantats de poder ajudar, van retirar-se a la plataforma amb Fix i Passepartout.

El vagó era prou llarg, molt escaient per al duel. Els dos adversaris podien avançar l'un contra l'altre pel passadís i disparar-se fins a desfogar-se. Phileas Fogg i el coronel Proctor, armats cadascun amb dos revòlvers de sis trets, hi van entrar i s'hi van tancar. Al primer xiulet de la locomotora, havien d'obrir foc. Passats dos minuts, els padrins enretirarien del vagó allò que quedés dels dos duelistes.

Tot plegat era tan senzill, que a Fix i Passepartout els semblava que els havia d'esclatar el cor. Esperaven, doncs, el xiulet acordat, quan de sobte van sentir uns crits salvatges i un esclafit de trets. Però ni els crits ni els trets procedien de l'interior del vagó, sinó que recorrien el tren en tota la seva llargada.

El coronel Proctor i el senyor Fogg van reaparèixer a la plataforma empunyant les armes. Havien entès que es tractava d'un atac dels indis sioux!

No era el primer cop que aquests indis audaços, armats amb fusells i destrals, assaltaven el tren. Segons el seu costum, un centenar de guerrers saltaven del cavall al comboi en marxa i s'enfilaven als vagons. Des de l'interior, els passatgers tractaven de repel·lir-los disparant els seus revòlvers.

En aquesta ocasió, els sioux van ocupar la locomotora i van deixar estabornit el maquinista i el fogoner. Un dels seus cabdills havia volgut aturar el tren, però, desconeixent el funcionament de les vàlvules, havia obert al màxim l'entrada del vapor i ara la màquina volava, descontrolada, a una velocitat astoradora.

Al mateix temps, els altres guerrers corrien pel sostre dels vagons, esfondraven les portes i lluitaven cos a cos amb els passatgers. El vagó de l'equipatge ja havia estat forçat, i les maletes i els paquets eren llençats enfora i rodolaven damunt la neu. Però els viatgers es defensaven amb coratge. Alguns vagons, on s'havien improvisat barricades, eren veritables fortaleses ambulants que circulaven a cent milles per hora.

Des del començament de l'atac, la senyoreta Aouda s'havia comportat valerosament. Amb el revòlver a la mà, disparava per la finestra. Una vintena de sioux havien caigut a la via, bé tocats per les bales, o perquè havien relliscat mentre grimpaven, i les rodes d'acer els havien esclafat. Uns quants passatgers jeien als bancs i gemegaven, ferits pels trets o els cops de destral.

La lluita es resoldria a favor dels indis si no aconseguien aturar el tren a l'estació del fort Kearney[3], per a la qual faltaven unes dues milles. Si hi passaven de llarg, entre el fort i l'estació següent, els sioux es farien els amos del comboi.

El revisor, que combatia al costat del senyor Fogg, va rebre un tret i va caure mormolant:

—Si no frenem el tren abans de cinc minuts, estem perduts...

—Frenarà! —va prometre Phileas Fogg.

I ja s'encaminava cap a la locomotora, quan Passepartout se li va avançar.

—Deixeu-ho a les meves mans, senyor! —va cridar.

3 Aquest fort pren el nom del general Stephen W. Kearny, el qual, al capdavant de l'exèrcit, vetllava per la seguretat dels colons que travessaven Nebraska camí de l'oest, bé escortant les caravanes, bé construint forts. Al voltant del fort que ens ocupa es va formar l'actual ciutat de Kearney. L'anècdota diu que, al servei de correus, es van equivocar i van escriure el nom original de l'indret, és a dir, el cognom del general, amb una *e* de més. D'aleshores ençà, el nom va quedar transformat.

I abans que el senyor Fogg pogués reaccionar, el xicot havia sortit a la plataforma i s'esquitllava cap a sota del vagó. Aleshores, recorrent un cop més a la seva agilitat d'acròbata, aferrant-se a les cadenes i als travessers, reptant d'un cotxe a l'altre amb una habilitat prodigiosa, va arribar al capdavant del tren. I allà, penjat entre el vagó de l'equipatge i la locomotora, va sostenir una lluita heroica amb el passador que els unia. Una sotragada del comboi va ajudar-lo a destravar el mecanisme, i els vagons, finalment alliberats, van anar quedant enrere, mentre la locomotora fugia a tot vapor.

Els vagons, empesos per la inèrcia, encara van rodar durant uns minuts, però els frens d'emergència van ser accionats i, a la fi, es van aturar a menys de cent passes del fort Kearney.

Els soldats, que havien sortit en sentir l'aldarull que s'acostava, esperaven amb les armes a punt. Tanmateix, els indis ja havien girat cua i fugien cap al sud.

Més tard, mentre feien recompte de passatgers a l'andana de l'estació, es va veure que en faltaven uns quants, entre els quals el francès coratjós que acabava de salvar-los.

Capítol XXI

Phileas Fogg compleix el seu deure, ni més ni menys

En total, eren tres els passatgers desapareguts, incloent-hi Passepartout. Haurien mort en la lluita o els havien capturat els sioux? De moment, no se sabia.

Els ferits eren nombrosos, però no n'hi havia cap que corregués un perill imminent. El més greu era el coronel Proctor. Havia rebut un tret a l'engonal[1] mentre combatia coratjosament. Tothom havia estat evacuat del tren a l'estació. Com a mostra de la lluita cruenta, esquinçalls de carn penjaven de les rodes dels vagons, i un rastre vermell de sang es perdia en l'horitzó, damunt la neu.

Aouda i Phileas Fogg estaven sans i estalvis, i Fix tenia una ferida sense importància al braç. Però faltava Passepartout, i la jove el plorava. Els seus ulls negats de llàgrimes miraven el senyor Fogg, que s'estava dempeus i amb els braços encreuats. El *gentleman* comprenia el prec que contenia aquella mirada.

1 engonal: la part del cos on s'ajunten la cuixa i el ventre.

—Viu o mort —va dir a la fi—, el trobaré.

I la senyoreta Aouda va agafar-li les mans i les hi va besar mentre plorava silenciosament.

Amb aquella decisió, Phileas Fogg acabava de sentenciar-se: arribaria a Nova York amb retard, se li escaparia el vaixell de Liverpool i perdria l'aposta definitivament. Però no havia dubtat davant la convicció que el seu deure era rescatar Passepartout.

Va anar a trobar el capità del fort Kearney i li va dir:

—Senyor, teniu la intenció de perseguir els sioux? Hi ha tres homes desapareguts i potser encara són vius.

—No puc abandonar el comandament de la plaça —va ser la resposta del militar—. I, d'altra banda, tinc dret a arriscar la vida de cinquanta homes per salvar la de tres?

—Entesos, doncs —va fer Phileas Fogg, que s'adonava que el capità no pensava pas actuar—. Hi aniré jo.

—Vós, senyor? —va exclamar Fix, que se'ls havia acostat—. Anireu tot sol darrere els indis?

—Voleu que abandoni l'infeliç que ens ha salvat la vida? Ben segur que hi aniré.

—Però no hi anireu sol, què dimonis! —va exclamar de sobte el capità, emocionat pel coratge del *gentleman*; i, girant-se cap als seus homes, va cridar—: Trenta voluntaris!

La companyia sencera va fer una passa endavant. El capità va escollir els trenta soldats més veterans i els va posar a les ordres d'un vell sergent.

—Em permeteu que us acompanyi, senyor Fogg? —va demanar Fix.

—Si em voleu fer un favor —va contestar el *gentleman*—, quedeu-vos amb la senyoreta Aouda. I si m'arribava a passar res...

Davant d'aquestes paraules, el policia va empal·lidir. Li demanaven que se separés de l'home que havia perseguit per més de mig món, que deixés marxar el seu lladre en l'enormitat del desert! Fix va mirar el *gentleman* als ulls, com si volgués escorcollar-li les intencions. Tornaria, o es faria fonedís? Va sostenir una lluita interna i, a la fi, va cedir davant la mirada serena i franca de Phileas Fogg.

—Em quedo —va mormolar.

Al cap d'uns instants, després d'estrènyer la mà de la jove Aouda, el senyor Fogg va marxar al galop amb la partida de rescat.

—Amics meus! —el van sentir que cridava—. Hi ha mil lliures per a vosaltres si trobem aquests homes!

Aleshores era migdia.

La senyoreta Aouda s'havia retirat a una cambra de l'estació i allà, tota sola, esperava pensant en Phileas Fogg. Un home que sacrificava una fortuna i arriscava la vida per complir el seu deure, tot plegat sense pronunciar grans frases. Era un heroi. Aquest era el parer de la noia.

El detectiu Fix pensava ben a l'inrevés. Seia a l'andana i es feia creus que hagués cedit a la mirada de Phileas Fogg. Tot d'una li semblava que havia comès una ximpleria.

«He estat un inepte! —pensava—. Si troba Passepartout en vida, aquest li dirà qui sóc i aleshores el meu lladre no gosarà tornar! Com he pogut deixar-me fascinar d'aquesta manera? Jo, que tinc a la butxaca la seva ordre d'arrest...»

I mentrestant, el temps s'arrossegava lentament. Cap a les dues de la tarda, enmig d'una nevada espessa, van sentir-se uns llargs xiulets. Una ombra gegantina, precedida per una resplendor rogenca, va lliscar com un fantasma cap a l'estació.

Era la locomotora, que, després d'haver estat desenganxada del tren, havia seguit el seu camí a una velocitat esgarrifosa, portant el maquinista i el fogoner inconscients. La màquina no s'havia aturat fins que el foc de la caldera no s'havia apagat; aleshores ja havia recorregut vint milles.

Però, poc després, el maquinista i el fogoner havien tornat en si. El més prudent, llavors, hauria estat prosseguir fins a la ciutat d'Omaha. Però s'havia imposat en aquells dos homes valents el desig de socórrer els passatgers del comboi, que encara devien patir l'atac dels indis. Ràpidament, havien revifat el foc amb unes paletades de carbó i havien fet marxa enrere.

Ara, veient entrar la locomotora a l'estació, els passatgers se n'alegraven. Podrien reprendre el viatge i evacuar els ferits.

—Marxeu? —va demanar la senyoreta Aouda al revisor—. Però els desapareguts... els nostres malaurats companys de viatge...

—No puc interrompre el servei, senyora. Portem tres hores de retard.

—I quan passa el proper tren cap a Nova York?

—Demà al vespre.

—Demà al vespre! Aleshores serà massa tard. Cal que espereu...

—Impossible, senyora. Si voleu marxar, pugeu al vagó.

A l'últim, el tren va partir emportant-se els passatgers i els ferits, entre els quals hi havia el coronel Proctor. Llavors va començar per a la senyoreta Aouda i el detectiu Fix la part més dura de l'espera.

Al llarg d'aquella tarda i aquella nit, enmig d'un fred intens i d'un vendaval que et llançava grapats de neu a la cara, la jove va sortir incomptables vegades de la seva cambra per escorcollar l'horitzó del

sud. La mirada més intrèpida hauria contemplat amb espant aquella immensa foscor!

Fix seia en un banc, immòbil com si dormís, però no dormia. Sostenia una lluita interior entre el policia, que li deia que havia deixat escapar el seu lladre, i el civil, que li deia que Phileas Fogg era un *gentleman* i tornaria. En una ocasió se li va acostar un home i li va parlar, però Fix, capficat, ni tan sols el va mirar. Se'l va treure del damunt amb un gest de la mà.

A l'alba, el disc mig apagat del sol es va enlairar sobre l'horitzó boirós. El camí del sud, fins allà on arribava la vista, era blanc i desert.

El capità del fort tenia un neguit que el rosegava. Què havia de fer? Enviar una segona partida per socórrer la primera? Posar en perill la vida de més homes? No va trigar a decidir-se. Estava ordenant a un dels seus tinents que es preparés per a una sortida de reconeixement cap al sud, quan es van sentir uns trets. Eren els rescatadors, que, bo i saludant a l'estil americà, tornaven en formació.

Phileas Fogg cavalcava al davant i, al seu costat, cavalcaven Passepartout i els altres dos viatgers. Hi havia hagut combat a deu milles del fort Kearney, allà on la partida de rescat havia atrapat els sioux. En el moment que queien sobre els indis, el francès i els dos companys presoners ja s'esbatussaven amb els seus guardians. Passepartout n'havia deixat tres fora de combat, abatent-los a cops de puny.

Salvadors i salvats van ser acollits a l'estació amb grans mostres de joia. Phileas Fogg va repartir entre els soldats la prima de mil lliures que els havia promès, mentre el seu criat exclamava:

—He de reconèixer que costo car al meu amo!

És difícil de dir què pensava i què sentia el detectiu Fix en retrobar-se amb el seu lladre. Quant a la jove Aouda, havia agafat les mans del *gentleman* i les estrenyia amb força, sense poder pronunciar ni una sola paraula.

—Quan passa el proper tren? —va demanar el senyor Fogg.

—Aquest vespre —va respondre Fix.

—Ah! —va ser la reacció d'aquell home impassible.

Capítol XXII

Els nostres viatgers naveguen a vela per una mar blanca

Es trobaven al bell mig de la immensa plana glaçada, el matí del dia 9, i el proper tren cap a Nova York no passava fins al vespre. Phileas Fogg tenia un retard de vint hores, i Passepartout, que n'era la causa, estava desesperat. Havia arruïnat definitivament el seu amo!

Fix va acostar-se al senyor Fogg, va mirar-lo de fit a fit[1] i li va demanar:

—Parlant seriosament, senyor, ¿teniu un gran interès a ser a Nova York el dia 11 a les nou del vespre, hora de sortida del vaixell de Liverpool?

—Seriosament, amic meu. Hi tinc un gran interès.

—Porteu un retard que tal vegada sigui insalvable. De tota manera, ho voleu intentar?

—A peu? —va preguntar el senyor Fogg.

1 mirar de fit a fit: mirar fixament.

—En trineu —va contestar Fix—, en trineu de vela. Un home m'ha proposat aquest mitjà de transport.

Es tractava del desconegut que havia parlat amb Fix durant la nit i que aquest havia acomiadat amb un gest de la mà. En aquell moment, l'home passejava per l'andana. El *gentleman* s'hi va acostar, van intercanviar algunes paraules i a continuació van entrar en una barraca construïda al peu del fort.

A dins hi havia un vehicle prou extravagant: un gran trineu equipat amb un pal de vaixell sòlidament amarrat a la carcassa per mitjà d'obencs[2] metàl·lics. Una estructura que servia per desplegar dues veles immenses: una cangrea[3] i un floc[4] que haurien estat l'orgull de qualsevol goleta. A la part del darrere de l'artefacte, obeint la mateixa vocació marinera, hi havia un timó en forma de rem.

Durant els hiverns tan durs de Nebraska, quan la plana és tota blanca i hi ha perill que els trens encallin o descarrilin en la neu, aquests trineus fan unes travessies extraordinàriament ràpides d'una estació a l'altra. De vegades, amb vent de popa, arriben a superar en velocitat els trens expressos.

I el vent, aquell dia 9, era favorable perquè Phileas Fogg pogués viatjar a tota vela i en poques hores fins a Omaha, que és un nus ferroviari de primer ordre pel qual circulen, dia i nit, nombrosos trens en direcció a Chicago i Nova York. No era impossible, doncs, recuperar el temps perdut!

Ben aviat, el senyor Fogg i l'home del trineu, que es deia Mudge, havien tancat el tracte. Eren les vuit quan va començar la nova etapa.

2 obenc: cadascun dels cables que serveixen per mantenir drets els pals d'un vaixell.
3 cangrea: vela quadrada.
4 floc: vela triangular, de les que solen portar els velers a proa.

El vehicle, amb les grans veles hissades, corria sobre la neu a una velocitat de quaranta milles per hora. Si el vent es mantenia constant, cobririen les dues-centes milles del trajecte en només cinc hores i serien a Omaha a la una com a molt tard.

I quin trajecte! Damunt la plataforma, apinyats per donar-se escalfor, ben abrigats amb les mantes de viatge, els passatgers ni tan sols podien parlar. El fred, incrementat per la velocitat, els hauria tallat la paraula. Quan les ràfegues bufaven arran de terra, les veles s'inflaven com ales i semblava que el trineu hagués d'arrencar a volar. Mudge, aleshores, maniobrava hàbilment al timó per tal de corregir les guinyades[5] i mantenir el rumb ben dret.

—Si res no es trenca —va dir—, arribarem.

I Mudge tenia interès a arribar en el termini previst, ja que el senyor Fogg, fidel al seu sistema, l'havia enllaminit amb una prima generosa.

La prada que recorrien era llisa com una mar en calma, lliure de qualsevol obstacle, i Phileas Fogg només podia témer dues circumstàncies: una avaria en el velam, o bé un canvi de direcció o una caiguda del vent.

Però el vent no amainava; ben al contrari, bufava fins a corbar el pal, que els obencs, tensos al màxim, s'esforçaven a subjectar. Aquells cables metàl·lics vibraven talment com les cordes d'un violí i acompanyaven la marxa amb un brunzit harmoniós i planyívol[6].

—Aquestes cordes donen la quinta i l'octava! —va dir el senyor Fogg.

Heus aquí les úniques paraules que va pronunciar en tot el viatge. La senyoreta Aouda, curosament embolcallada amb càlides pells,

5 guinyada: alteració momentània del rumb d'una nau.
6 planyívol: que recorda un plany, un lament.

també romania silenciosa, interiorment satisfeta de continuar lluitant al costat del seu heroi. En canvi, a Passepartout li costava de mantenir la boca tancada. Amb la cara vermella com el disc del sol a la posta, aspirava l'aire fred a plens pulmons i tornava a ser el xicot optimista de sempre. Creia fermament que arribarien a Nova York a temps d'agafar el vapor. I si bé havia reprimit l'impuls d'encaixar la mà de Fix, no oblidava que era gràcies al policia que havien trobat aquell mitjà per fer camí.

Quant a Fix, costa de dir en quina direcció anaven els seus pensaments. ¿El retorn de Phileas Fogg havia fet trontollar la seva convicció que era un lladre? ¿O continuava creient que el *gentleman* era un gran murri que s'excusava en la volta al món per poder tornar sense càstig a Anglaterra? Fos el que fos, el detectiu estava decidit a complir el seu deure i fer servir l'ordre d'arrest tan bon punt trepitgessin sòl britànic. Per això col·laborava de tot cor amb el senyor Fogg.

Mentre els viatgers s'abandonaven a les seves reflexions, el trineu volava sobre la immensa catifa blanca. I si era cas que lliscava per damunt d'algun riu, ningú no se n'adonava, perquè la neu havia anivellat l'escàs relleu de la prada.

De tant en tant, enmig del desert glaçat, veien passar a la velocitat del llamp algun arbre que vinclava les branques al vent, com un esquelet que gesticulés. I, ara i adés, els sortia a l'encontre una gran ramada de llops. Aquests depredadors ferotges, amagrits[7] per la falta d'aliment i esperonats per la fam, es llançaven a l'encalç del trineu. I si aleshores haguessin tingut un accident, els nostres viatgers hau-

7 amagrit: que s'ha aprimat, sense gens de greix.

rien passat un mal moment. Però el trineu resistia i deixava el llops enrere ben aviat.

Encara no era la una quan Mudge, abandonant un moment el timó, es va afanyar a recollir les veles. El vehicle, empès per l'impuls irresistible, va continuar lliscant ben bé durant mitja milla més, fins que es va aturar a la vista d'un amuntegament de teulades blanques de neu.

—Omaha! —va anunciar Mudge.

Els viatgers van saltar a terra; Passepartout i Fix van estirar els seus membres entumits; Phileas Fogg va pagar generosament els serveis d'aquell guia tan hàbil, i tots van córrer cap a l'estació d'Omaha.

Un tren directe a Chicago era a punt de sortir. Van tenir el temps just de comprar els bitllets i pujar al vagó. No havien pogut veure res d'Omaha, però val a dir que no se'n planyien pas.

Aquell tren va travessar a tot vapor l'estat d'Iowa i va entrar a l'estat d'Illinois després d'haver creuat el gran riu Mississipí.[8] L'endemà, 10 de desembre, a les quatre de la tarda, arribava a Chicago. La ciutat ja s'havia refet del gran incendi de 1871 i s'alçava, orgullosa com mai, a la riba del magnífic llac Michigan.[9]

Nou-centes milles separen Chicago de Nova York, i de trens per salvar-les mai no en falten. Phileas Fogg i companyia van saltar ràpidament d'un comboi a un altre. I val a dir que la nova locomotora

8 És un dels rius més cabalosos de l'Amèrica del Nord, ja que recull l'aigua de les grans planes dels Estats Units i les porta fins al golf de Mèxic, on desemboca. En alguns punts arriba a fer més d'un quilòmetre d'amplada i, com que és navegable en bona part del seu recorregut, va tenir un paper important en la colonització dels territoris que travessa.

9 Chicago és la tercera ciutat més gran dels Estats Units després de Nova York i Los Angeles, i s'alça a la riba del tercer llac més gran de l'Amèrica del Nord, el Michigan. Va néixer al voltant d'un fort construït l'any 1803. El 1871, un gran incendi va destruir pràcticament la ciutat. Amb tot, es va refer ràpidament gràcies a un comerç i una indústria potents.

semblava conscient que el *gentleman* tenia pressa. Va travessar, embalada, els estats d'Indiana, Ohio, Pennsilvània i Nova Jersey; i, a la fi, el dia 11 de desembre, a un quart de dotze de la nit, oferia als nostres viatgers la vista del riu Hudson al seu pas per Nova York.[10]

El tren es va aturar davant mateix del moll on amarren els transatlàntics de les línies d'Europa. Però el *China*, amb destinació a Liverpool, havia salpat feia quaranta-cinc minuts!

10 Nova York, a la costa est, és el més gran centre financer i industrial dels Estats Units. Va ser fundada l'any 1613 per holandesos, amb el nom de Nova Amsterdam. El 1664 va ser ocupada pels anglesos, que, amb el temps, van convertir la desembocadura del gran riu Hudson en un dels ports amb més activitat comercial de l'oceà Atlàntic.

Capítol XXIII

Phileas Fogg emprèn una lluita directa contra la mala sort

Semblava que el *China*, en salpar, s'hagués emportat la darrera esperança de Phileas Fogg.

Cap dels altres vapors de passatge que fan el servei entre Amèrica i Europa no convenia als plans del *gentleman*. Els uns perquè no anaven a Liverpool o a Londres, ni tan sols a Anglaterra. Els altres perquè eren destinats a importar emigrants als Estats Units, i no eren sinó carraques velles i lentes que arribarien a les costes europees quan el termini de l'aposta ja hagués expirat.[1] El senyor Fogg se'n va adonar en consultar la seva guia *Bradshaw*, on hi havia indicat, per a cada dia de l'any, el moviment de la navegació trans-oceànica.

En aquelles terribles circumstàncies, Passepartout s'estirava els cabells. La culpa era seva! En comptes d'ajudar l'amo, no havia fet al-

1 Els nombrosos conflictes bèl·lics i les grans crisis alimentàries del segle XIX van empènyer milions d'europeus a emigrar a Amèrica. Com que la majoria eren pobres, no es podien permetre una gran despesa en el passatge. Hi anaven en vaixells vells, sovint en molt males condicions mecàniques i sanitàries, fins al punt que no eren rares les tragèdies en alta mar.

tra cosa que posar-li entrebancs! Quan recordava tots els incidents del llarg viatge, quan calculava les sumes exorbitants que l'amo havia gastat com a conseqüència de les seves accions eixelebrades[2], quan pensava que l'aposta ja era perduda i la ruïna de Phileas Fogg estava consumada, el xicot es dedicava a si mateix tota mena d'insults.

Però l'amo no li'n feia cap retret.

—Demà ja veurem què fem. Anem —va dir, calmós com sempre.

Aquella nit van allotjar-se en un hotel de l'avinguda Broadway.[3] I va ser una nit curta per al *gentleman*, que va dormir amb un son perfecte, però llarguíssima per als seus companys, als quals el neguit no deixava descansar.

L'endemà, a les set del matí, Phileas Fogg va demanar a Passepartout i la senyoreta Aouda que l'esperessin i estiguessin llestos per marxar tan bon punt els avisés. Després, va sortir tot sol de l'hotel. Es va encaminar als molls del riu Hudson i va buscar entre els vaixells. En aquell port immens i admirable de Nova York, d'on diàriament salpen un centenar de naus mercants amb destinació a totes les costes del planeta, per força havia de trobar-ne una que s'avingués a les seves necessitats.

Tanmateix, va resultar que la majoria eren velers; i per tant, massa lents! I ja semblava que el darrer intent de Phileas Fogg fracassaria, quan va veure, ancorat al mig del riu, un vapor mercant de línies fines, la xemeneia del qual fumava enèrgicament, senyal que es preparava per partir. Immediatament va llogar un bot i, amb quatre cops de rem, va trobar-se a l'escala de l'*Henrietta*, que tenia el buc d'acer i les parts superiors de fusta.

2 eixelebrada: esbojarrada.
3 Un dels carrers més coneguts de Nova York. Al seu voltant, s'hi concentren, per desenes, els teatres, i és l'escenari de les grans celebracions ciutadanes.

BOULEVARD

Va pujar a coberta i va demanar pel capità. Aquest era un llop de mar rondinaire, un home de tracte difícil anomenat Andrew Speedy.

—Salpeu, capità? —va preguntar Phileas Fogg.

—D'aquí a una hora, rumb a Bordeus.[4]

—I quina càrrega porteu?

—Cap ni una. Anem en llast.[5]

—Sembla que teniu un vaixell ràpid. Voleu portar-nos a Liverpool a mi i a tres companys?

—A Liverpool? De cap manera! Ja us he dit que el meu destí és Bordeus! A més, mai no porto passatgers. Els passatgers només causen maldecaps.

—No importa a quin preu? Potser els meus diners agradarien a l'armador[6] de l'*Henrietta*...

—Jo sóc l'armador —va tallar el capità—. El vaixell és meu.

—Doncs us el llogo.

—No.

—Us el compro.

—Mai de la vida!

Per primer cop, semblava que els diners del senyor Fogg no servien per canviar la voluntat dels homes. Però el *gentleman*, tot i la gravetat de la situació, ni tan sols va parpellejar.

—Així doncs, voleu portar-me a Bordeus? —va fer.

—He dit que res de passatgers!

—Ni per dos mil dòlars?

—Per persona?

4 Port de la costa atlàntica francesa.
5 Quan un vaixell ha de navegar sense càrrega, es posa llast a la bodega, és a dir, pedres o altres elements pesants, a fi de donar-li estabilitat.
6 armador: propietari del vaixell.

—Per persona. I en som quatre.

El capità Speedy es va gratar el front com si volgués arrencar-se l'epidermis. Per vuit mil dòlars, uns passatgers deixen de ser-ho per convertir-se en mercaderia preciosa. Va contestar:

—Salpo a les nou. Si vós i els vostres sou a bord...

No cal dir que, a les nou, després d'unes quantes corredisses, Phileas Fogg, la senyoreta Aouda i Passepartout ja eren a bord. Naturalment, els acompanyava el detectiu Fix, a qui el *gentleman* havia ofert el passatge de franc.

L'endemà, 13 de desembre, l'*Henrietta* ja era ben lluny de terra. La seva proa obria un solc d'escuma rumb a l'est. Al migdia, al pont de comandament, hauríem vist un home que, amb el sextant[7] a la mà, calculava la posició del vaixell. Com que aquesta és una tasca pròpia del capità, podem pensar que era el senyor Speedy qui l'efectuava. Però es tractava de Phileas Fogg.

El capità estava tancat amb clau a la seva cabina i bramava, ell tot sol, com una cort de dimonis. Ben mirat, tenia un bon motiu per estar furiós...

Servint-se dels seus bitllets, el senyor Fogg havia comprat mariners i fogoners, que no eren —cal reconèixer-ho— una gent gaire lleial. Heus aquí la raó que el *gentleman* comandés en lloc del capità Speedy, i la raó que l'*Henrietta* navegués rumb a Liverpool i no pas a Bordeus. Afegirem que la perícia amb què el senyor Fogg governava el vaixell revelava que, en el passat, aquest excepcional home devia haver estat mariner.

7 sextant: instrument òptic que serveix per calcular l'altura del sol sobre l'horitzó. Quan aquest càlcul es fa al migdia, moment en què el sol està més alt, se n'obté la latitud. Antigament era emprat per esbrinar la posició d'un vaixell en alta mar.

Ara bé, com acabaria aquella aventura que podríem qualificar de motí, i per tant, de delicte? La senyoreta Aouda callava, però era evident que passava un gran neguit. Passepartout, ben al contrari, trobava que l'amo havia tingut una idea esplèndida. Pel que fa al detectiu Fix, ja no sabia què pensar. Aquell diantre de Phileas Fogg, a més a més de murri, era un pirata? Tenia la intenció de perdre's en l'oceà amb el botí i una tripulació de rebels? O bé actuava així d'esbojarradament perquè era de debò que hi havia una aposta en joc?

Els dos primers dies, la travessia va ser excel·lent. El vent, vigorós, bufava del nord-est. Les veles afegien la seva empenta a l'empenta del vapor, i l'*Henrietta* navegava com un veritable transatlàntic.

Malgrat les amenaces que el capità Speedy proferia a totes hores des de la cabina, la tripulació estava de bon humor i col·laborava. Si les condicions es mantenien, podien ser a Liverpool el dia 21.

Però les condicions van canviar quan van entrar en aigües del banc de Terranova.[8] Aquesta és una mar perillosa, sobretot a l'hivern, quan sovintegen la boira i els temporals. La nit del 13 al 14, el vent va girar al sud-est i va assolir una tal intensitat que el senyor Fogg va haver de plegar les veles. Per mantenir la bona marxa no podia sinó augmentar el vapor, fer treballar les calderes al màxim, i, tot i així, la maregassa que rompia contra la proa alentia el vaixell.

Durant dos dies, Passepartout va fer una cara fosca com el mateix cel, i més que se li va enfosquir quan, el 16 de desembre, cap a la meitat de la travessia, el maquinista va alertar Phileas Fogg que, de tant que

8 Mar que hi ha al sud-est de l'illa canadenca de Terranova, també coneguda com a Grand Banks. El fet que sigui poc profunda i que hi conflueixin les aigües càlides del corrent del Golf i les aigües fredes del corrent del Labrador afavoreixen el desenvolupament d'una rica vida marina, però també la formació de boires freqüents. Altrament, per la seva proximitat a l'Àrtic, està exposada a fortes tempestes.

n'abusaven, en un parell de dies es quedarien sense carbó. «Si l'amo se'n surt, d'aquesta —va dir-se el xicot—, decididament és un home com cap altre!» I, certament, havia de ser un home excepcional aquell senyor Fogg. La seva veu no delatava cap inquietud quan va respondre al maquinista:

—Hi rumiaré. Vós no deixeu de cremar carbó. A tota màquina!

Quan va arribar el dia 18, i el carbó era a punt d'esgotar-se, Phileas Fogg ja tenia la solució. Aquesta passava per deixar sortir el capità Speedy de la seva cabina. L'home va irrompre al pont com una bomba a punt d'esclatar.

—Pirata! —va etzibar al seu segrestador, amb la cara completament blava d'ira—. Digueu on som, pirata!

—A set-centes setanta milles de Liverpool —va contestar, calmós, Phileas Fogg—. Us he fet venir, senyor...

—Filibuster![9]

—Us he fet venir —va continuar el *gentleman*— per demanar-vos que em vengueu el vaixell. No tinc altre remei que cremar-lo.

—Cremar el meu vaixell!

—Si més no, les parts de fusta. Aviat necessitarem combustible.

—Cremar el meu vaixell! —el capità boquejava com un peix fora de l'aigua—. Cremar un vaixell que val cinquanta mil dòlars!

—Aquí en teniu seixanta mil en moneda britànica —va fer el senyor Fogg, donant-li un feix de bitllets—. Només us compro la fusta. Quedeu-vos el buc d'acer i la maquinària.

Aquest gest va tenir un efecte prodigiós. En un segon, el capità va oblidar el motí i el segrest que havien provocat la seva ira.

9 Els filibusters eren pirates que, al segle XVII, formaren part dels grups que van infestar el mar de les Antilles.

L'*Henrietta* ja tenia una vintena d'anys, i allò que li proposaven era un negoci fabulós, més que més perquè el buc i la maquinària sumaven gairebé el valor total de l'embarcació!

La bomba havia estat desactivada per Phileas Fogg. El capità va acceptar els bitllets i amb la veu tot d'una endolcida va dir:

—Tracte fet. La fusta és vostra, capità Fogg.

—Bé. Feu demolir els interiors per alimentar les calderes...

Imagineu la quantitat de fusta que calia consumir per mantenir el vapor a la pressió suficient! Aquell dia totes les estructures de coberta, amb el pont i les cabines, van anar a parar a les flames.

L'endemà, dia 19, van cremar l'arboradura[10]. Els pals van ser abatuts a cops de destral i convertits en llenya. Tothom col·laborava en la tasca de demolició, i Passepartout més que ningú. Ell, tot sol, tallava i serrava com deu homes!

El dia 20 van fer estelles del que restava de l'obra morta[11], i l'*Henrietta* va adquirir l'aparença trista i pelada d'un pontó[12]. La meitat del pobre vaixell ja s'havia convertit en fum, i els quedava ben poca fusta per cremar! Encara bo que, cap a les deu de la nit, van albirar[13] per fi la costa d'Irlanda. Però Phileas Fogg només disposava de vint-i-quatre hores per arribar a Londres, i aquest era el temps que necessitava l'*Henrietta* per arribar a Liverpool.

—Senyor, us compadeixo —va dir el capità Speedy al senyor Fogg—. Definitivament, la sort us ha girat l'esquena.

—Aquells llums d'allà —va preguntar el *gentleman*, tot assenyalant

10 arboradura: conjunt de pals o arbres d'un vaixell.
11 obra morta: part del vaixell que és damunt la línia de flotació, sobre la superfície de l'aigua.
12 pontó: embarcació sense pals, gran i pesant, que es fa servir per transportar càrregues a l'interior dels ports o com a transbordador en rius.
13 albirar: veure al lluny.

cap a la costa— no són, per ventura, la ciutat de Queenstown?[14]

—Ho són.

—Podem entrar a port?

—Caldria esperar tres hores, fins que la marea comenci a pujar.

—Doncs esperarem —va fer Phileas Fogg, sense alterar-se.

Una vegada més, amb un cop d'inspiració suprema, el *gentleman* tractaria de vèncer la mala sort.

Al port irlandès de Queenstown, els transatlàntics provinents dels Estats Units hi deixen, de passada, les saques de correu. Les cartes són transportades a Dublín per trens expressos que sempre estan llestos per partir, i després viatgen fins a Liverpool a bord d'uns transbordadors de vapor rapidíssims. D'aquesta manera arriben a Anglaterra dotze hores abans que el transatlàntic més veloç.

Doncs el mateix camí de les saques és el que va emprendre Phileas Fogg. A la una de la nit trepitjava Queenstown, i a dos quarts de dues, després d'acomiadar-se del capità Speedy, pujava amb els seus companys al tren de Dublín. Van arribar a aquesta ciutat de matinada i, sense ni tan sols aturar-se per respirar, van saltar en un d'aquells transbordadors que semblava que tinguessin ales.[15]

El 21 de desembre, vint minuts abans del migdia, Fogg desembarcava a Liverpool. Era a només sis hores de Londres: encara podia arribar a temps! Però, en aquell moment, Fix se li va acostar, li va posar la mà a l'espatlla i, ensenyant-li l'ordre d'arrest, va dir:

—Senyor Phileas Fogg, en nom de la reina, jo us arresto.

14 Petita ciutat ubicada en un port natural del sud-oest de l'illa d'Irlanda. Va rebre el nom de Queenstown per commemorar una visita que hi va fer la reina Victòria durant els temps de la dominació britànica, però va recuperar l'antic nom de Cobh l'any 1922, amb la proclamació de l'estat lliure d'Irlanda.

15 Dublín, capital d'Irlanda, és separada de la ciutat anglesa de Liverpool per un braç d'aigua anomenat la mar d'Irlanda. Un intens trànsit marítim uneix tots dos ports.

Capítol XXIV

Malgrat tot, aquest home no perd la calma!

Phileas Fogg era empresonat, tancat al calabós de la duana de Liverpool, mentre esperava que el traslladessin a Londres. En el moment de l'arrest, Passepartout havia volgut escanyar el detectiu, però uns policies li ho havien impedit. A la senyoreta Aouda, la brutalitat del fet l'havia trasbalsada, més que més perquè desconeixia el motiu de la detenció. Després, quan Passepartout va explicar-li que al senyor Fogg l'acusaven de lladre, la noia va protestar i el seu cor va indignar-se. Vessava llàgrimes en abundància perquè no podia fer res, res!, per ajudar l'home que li havia salvat la vida.

Quant a Fix, havia arrestat el *gentleman* perquè el deure l'hi obligava. Si Fogg era o no culpable, la justícia ho decidiria.

Passepartout, aleshores, va tenir el pensament terrible que era ell el causant de la desgràcia. Per què havia amagat a l'amo que Fix el perseguia? Si el senyor Fogg ho hagués sabut a temps, s'hauria afanyat a demostrar la seva innocència. O, en qualsevol cas, no s'hauria deixat empaitar al voltant del món per aquell policia tan enutjós i desagraït, que li tornava els favors arrestant-lo tan bon punt trepitjaven terra britànica. Pensant en les seves culpes i les seves imprudències, el pobre xicot plorava a llàgrima viva i sentia l'impuls d'esclafar-se el cap contra la paret! Feia fred a la duana de Liverpool, però ni ell ni la senyoreta Aouda no es volien moure de l'indret. Volien tornar a veure Phileas Fogg.

Pel que fa al *gentleman*, estava del tot arruïnat. I precisament quan era a tocar de la meta! Desembarcat a Liverpool el 21 de desembre, a les onze i quaranta minuts del matí, tenia fins a tres quarts de nou del vespre per presentar-se al Reform Club, és a dir, nou hores i cinc minuts, i només en necessitava sis per arribar a Londres!

Qualsevol que hagués entrat al calabós en aquell moment, l'hauria trobat immòbil, sense ira, assegut en un banc. S'havia resignat i acceptava la derrota? Feia de mal dir, perquè continuava impassible com sempre. Potser covava una d'aquelles ràbies interiors que no esclaten fins al darrer instant, i llavors són terribles i impossibles d'aturar? Tampoc no es podia saber. El senyor Fogg només seia, calmós, i esperava...

Però, què esperava el senyor Fogg? És que conservava alguna esperança? Tal vegada planejava escapar-se? Va semblar que hi pensava per uns instants, quan va estudiar amb la mirada el calabós. Però la porta estava sòlidament tancada i la finestra protegida amb barrots. El *gentleman* va obrir el quadern de viatge i hi va anotar el següent: «21 de desembre, dissabte, Liverpool». I tot seguit: «Dia vuitanta, 11.40 hores del matí». A continuació, va seguir esperant.

El rellotge de la duana va tocar la una. Després, les dues. Suposant que en aquell moment agafés un tren exprés, encara podia arribar a Londres i al Reform Club abans que el termini expirés. El front

de Phileas Fogg va arrugar-se imperceptiblement... A les dues i trenta-tres minuts va sentir soroll de passes i de veus conegudes que s'atansaven. Per un instant, la seva mirada va brillar.

La porta del calabós es va obrir i va veure la senyoreta Aouda, Passepartout i el detectiu, que corrien cap a ell. Fix tenia la cara de color grana, amb prou feines podia parlar.

—Senyor! —balbucejava—. Senyor... perdó... una confusió deplorable! Lladre detingut fa tres dies... vós... lliure...

Phileas Fogg quedava en llibertat! Va apropar-se al policia, va fitar-lo i, executant l'únic moviment ràpid que mai li havien vist i que mai més no li veurien, va tirar els dos braços enrere i, amb la precisió d'un autòmat, va colpejar amb tots dos punys el malaurat detectiu.

—Uns punys magnífics! —va aplaudir Passepartout.

Fix, estès a terra, no va badar boca. S'ho havia ben guanyat. Immediatament, el senyor Fogg, la senyoreta Aouda i Passepartout van sortir de la duana, van pujar a un cotxe i de seguida van ser a l'estació. L'últim tren exprés havia sortit feia trenta-cinc minuts.

El *gentleman*, aleshores, va demanar un tren especial. Llogar una locomotora per a usos particulars resultava caríssim, però tant se valia! A les tres, havent enllaminit el maquinista amb una prima, ja volaven cap a Londres.

Havien de recórrer en cinc hores una distància que habitualment es recorria en sis. Però el trànsit és dens en aquell tram del ferrocarril i hi va haver retards forçosos...

Quan van arribar a l'estació, tots els rellotges de Londres indicaven que faltaven deu minuts per a les nou. Phileas Fogg, després d'haver fet la volta al món, arribava amb un retard de cinc minuts.

I havia perdut l'aposta.

Capítol XXV

Passepartout no es fa repetir dues vegades la mateixa ordre

L'endemà, els veïns de Saville Row haurien quedat ben sorpresos si els haguessin dit que el senyor Fogg havia tornat. Les portes i les finestres del domicili continuaven tancades com en els darrers vuitanta dies.

En efecte, en sortir de l'estació, Phileas Fogg havia manat a Passepartout que anés a comprar alguns queviures i s'havia encaminat a casa per tancar-s'hi.

Arruïnat! I per culpa d'aquell detectiu inepte! Després d'haver avançat amb passa ferma durant el llarguíssim viatge, després de superar mil obstacles i d'afrontar mil perills, havent trobat temps, fins i tot, per fer el bé, el senyor Fogg havia fracassat a tocar del seu objectiu per un assumpte vergonyós que ell, un home honest, no podia preveure.

De la gran suma de diners que s'havia emportat, no li'n quedava sinó una quantitat insignificant. L'altra meitat de la seva fortuna, aquelles vint mil lliures que guardava al banc, la devia als col·legues del Reform Club. Val a dir que, després de tantes despeses, guanyar l'aposta no l'hauria enriquit, però Phileas Fogg tampoc no havia jugat per diners, sinó per una qüestió d'honor. I ara, havent perdut, es quedava sense diners i sense honor. Davant d'aquesta situació, només hi havia una cosa que un *gentleman* podia fer.

La jove Aouda, en la soledat de la cambra que li havien reservat a Saville Row, estava desesperada. Havia entès, per algunes paraules que havia pronunciat el senyor Fogg, que aquest meditava un projecte funest[1]. També ho havia entès Passepartout, que va passar la nit fent guàrdia com un gos davant la porta del seu amo, per si un cas havia d'evitar una barbaritat. Abans, però, s'havia afanyat a tancar el llum de gas de la seva habitació, aquell llum que, durant vuitanta dies, havia cremat diners sense interrupció.

L'endemà, Phileas Fogg va manar al xicot que s'ocupés del benestar de la senyoreta Aouda. La senyoreta, va dir el senyor Fogg, l'hauria d'excusar: no podria acompanyar-la en el decurs de la jornada, ja que estaria molt ocupat posant en ordre els seus afers. Es veurien a la nit, el temps just per a una breu entrevista.

A Passepartout, sentint les instruccions de l'amo, se li esberlava el cor. Els remordiments el consumien. A la fi, incapaç de contenir-se, va exclamar:

—Senyor Fogg! Maleïu-me, senyor! És per culpa meva que...

—No acuso ningú —va contestar Phileas Fogg, amb veu serena—. Retira't.

El xicot va córrer a la cambra de la senyoreta Aouda. Necessitava consol.

1 funest: que porta la mort o una gran desgràcia.

—Senyora! —va gemegar—, no hi ha res que jo pugui fer per l'amo. No tinc cap influència sobre el seu esperit. Potser vós...

—I quina influència podria tenir-hi jo? —va contestar la noia—. El senyor Fogg no admet influències. Ha entès alguna vegada que els meus sentiments per ell eren a punt de desbordar-se? Ha llegit mai en el meu cor? Amic meu, no deixeu de vigilar-lo en cap moment...

I així, durant aquella jornada de diumenge, la casa de Saville Row va romandre com si no hi habités ningú i, per primer cop des que hi vivia, Phileas Fogg no va sortir en direcció al Reform Club quan van sonar els dos quarts d'onze a la torre del Parlament.

Ben mirat, què hi havia de fer, al club? Els seus col·legues no l'hi esperaven, perquè el termini de l'aposta havia expirat. Ni tan sols calia que es veiessin per fer el pagament de les vint mil lliures, ja que els havia lliurat un xec signat el vespre llunyà en què tot havia començat. No, el senyor Fogg es va quedar a la seva cambra aquell diumenge, i va posar en ordre els seus afers.

Mentrestant Passepartout consumia les hores escoltant darrere la porta o mirant pel forat del pany, com si l'afecte que sentia per l'amo li donés dret a cometre semblants indiscrecions! De vegades pensava en Fix, però ja no ho feia amb rancúnia. Fix s'havia equivocat, com tothom, respecte d'aquell home tan reservat que era Phileas Fogg. Perseguint-lo i arrestant-lo, el detectiu no havia fet sinó complir el seu deure. En canvi, ell, Passepartout... Ell sí que era l'últim dels miserables!

Cap a dos quarts de vuit del vespre, el *gentleman* va demanar permís a la senyoreta Aouda per visitar-la. El permís va ser concedit.

El rostre de Phileas Fogg no reflectia cap emoció quan va entrar a la cambra de la jove. El Fogg de la tornada era exactament el mateix Fogg d'abans del viatge. La mateixa calma, la mateixa impassibilitat. Va seure en una cadira, vora la llar, i es va estar cinc minuts sense parlar. Després, va mirar la senyoreta Aouda als ulls i va preguntar:

—Em perdonareu, senyora, que us hagi dut a Anglaterra?

—Jo, senyor... —la noia sentia que el cor se li disparava dins del pit.

—Quan se'm va acudir allunyar-vos de l'Índia —va continuar el senyor Fogg—, on us amenaçava un greu perill, jo era ric i tenia la intenció de posar a la vostra disposició una part de la meva fortuna. Hauríeu estat lliure i feliç. Però ara estic arruïnat.

—I vós, senyor Fogg —va contestar la jove—, em perdonareu que us hagi seguit? Si no us haguéssiu endarrerit per mi, probablement hauríeu guanyat l'aposta. Jo he contribuït a la vostra ruïna! Ai, senyor Fogg, què se'n farà de vós?

—Jo, senyora, no necessito res —va dir el *gentleman* fredament—. Afrontaré la meva sort com escau a un home d'honor.

—Però, que no teniu amics que us puguin ajudar en aquest mal pas?

—Jo no tinc amics, senyora.

—Doncs els vostres parents...

—Ja no em queden parents.

—Així, no teniu un sol cor al qual confiar les vostres penes? Diuen que la misèria és suportable si és compartida entre dos!

—Això diuen, senyora.

—Senyor Fogg —va dir aleshores la senyoreta Aouda, alçant-se i estirant la mà cap al *gentleman*—, voldríeu una parenta i una amiga? Contesteu, em voldríeu per esposa?

En sentir aquestes paraules, també Phileas Fogg es va posar dret. Hi havia una llum insòlita en els seus ulls i una tremolor en els seus

llavis. La sinceritat, la dolçor i l'atreviment de la senyoreta Aouda l'havien admirat i commogut. Va tancar els ulls un instant... i quan els va tornar a obrir va dir, simplement:

—Us estimo! Sí, pel que hi ha de més sagrat en aquest món, us estimo i sóc tot vostre!

—Ah... —va sospirar la senyoreta Aouda, posant-se una mà al cor.

Van cridar Passepartout i aquest va acudir-hi al moment. Va entendre el que passava quan va veure el senyor Fogg i la senyoreta Aouda agafats de la mà. Llavors la seva cara ampla va resplendir com el sol a les contrades tropicals.

Phileas Fogg li va preguntar si no era massa tard per anar a avisar el reverend[2] Samuel Wilson.

—Mai no és massa tard —va dir Passepartout, amb un gran somriure.

Els rellotges assenyalaven les vuit i cinc del vespre.

—Els sembla bé per demà dilluns? —va suggerir el xicot.

—Per demà dilluns? —va demanar el senyor Fogg a la noia.

—Per demà dilluns! —va contestar la senyoreta Aouda.

I Passepartout va sortir corrent.

2 reverend: tractament que es dóna als sacerdots i dignitats eclesiàstiques.

Capítol XXVI

La Gran Bretanya torna a patir una commoció

Ja és hora que expliquem el canvi d'opinió que va experimentar la societat britànica quan es va saber que el veritable lladre del Banc d'Anglaterra, un tal James Strand, havia estat detingut el 17 de desembre a Edimburg. Els diaris es van encarregar de difondre la notícia i de recordar als lectors la figura d'aquell *gentleman* injustament acusat.

Tot de sobte, Phileas Fogg tornava a ser un home honest, si bé excèntric, que viatjava per una juguesca al voltant del món. Per tant, les apostes a favor o en contra es van reprendre amb gran vigor i el nom de Phileas Fogg va tornar als llavis de tothom.

Per als cinc col·legues del Reform Club van venir uns dies d'una certa inquietud. Havien donat per fet que el senyor Fogg era el lladre del banc i ja l'havien oblidat. Però heus aquí que aquell 17 de desembre, tot d'una, el seu contendent ressuscitava! I doncs, on devia ser aleshores? Havia mort? Havia renunciat a la lluita? O bé, per contra, s'anava apropant segons l'itinerari previst i es presentaria el dia 21, a tres quarts de nou del vespre, a la porta del saló del club?

Renunciarem a descriure l'ànsia en què van viure, en endavant, els cinc col·legues i la societat britànica. Tot de telegrames van ser enviats a Amèrica i Àsia a fi d'obtenir notícies de Phileas Fogg. Constantment hi havia gent que feia guàrdia davant la casa de Saville Row!

El *gentleman*, com un cavall de curses, arribava a la recta final, i les apostes es disparaven. La tarda del dia 21, una gran multitud va començar a aplegar-se davant del Reform Club i als carrers del voltant. Allò semblava una immensa concentració de corredors de borsa. Es discutia, hi havia empentes, es cridava i s'invertien diners a favor o en contra de l'excèntric viatger. A mesura que s'atansava l'hora prevista per a l'arribada, l'aldarull creixia fins al punt que el trànsit de vehicles va quedar interromput.

Aquell vespre del darrer dia, els cinc col·legues feia hores que esperaven al gran saló del Reform Club. El rellotge assenyalava les vuit i vint-i-cinc, quan Andrew Stuart va dir:

—Senyors, d'aquí a vint minuts expira el termini que vam acordar amb Phileas Fogg. I, atès que no en tenim notícies, podem ben creure que hem guanyat l'aposta.

—Esperem. No ens pronunciem encara —va dir un company seu—. La puntualitat del nostre amic és ben coneguda. Mai no arriba ni massa tard ni massa d'hora, i no em sorprendria que aparegués a l'últim minut.

—I jo ho veuria i no m'ho creuria —va replicar Andrew Stuart—. Aquest viatge era una insensatesa, i jo dic que Phileas Fogg ha perdut. Ha perdut cent vegades, senyors! Ja sabeu que el *China*, l'últim vaixell que podia agafar a Nova York si volia presentar-se a temps, va arribar ahir a Liverpool. Doncs he mirat la llista de passatgers i el seu nom no hi és.

—Teniu raó —afirmà Gauthier Ralph, l'home del Banc d'Anglaterra que, vuitanta dies enrere, i sense proposar-s'ho, havia provocat la discussió que va desencadenar la juguesca—. Demà no caldrà sinó bescanviar per diners el xec del company Fogg.

En aquell moment, el rellotge del saló va assenyalar les vuit i quaranta.

—Només cinc minuts! —va sospirar Andrew Stuart.

Podem imaginar que, per més que s'esforcessin a aparentar tranquil·litat, als cinc col·legues el cor els bategava acceleradament. A fi d'evitar que l'emoció se'ls notés, van decidir seure a taula i encetar una partida de *whist*.

—Les vuit i quaranta-tres —va observar un d'ells, mentre tallava la baralla.

Tots cinc, no cal dir-ho, tenien els ulls clavats en l'esfera del rellotge i premien els llavis. En el silenci que s'havia fet al saló, se sentia la remor de la multitud que s'aplegava al carrer, mentre el pèndol marcava els segons amb una regularitat matemàtica.

—Les vuit i quaranta-quatre! —va exclamar Andrew Stuart, traït per l'emoció.

Un minut! Un minut i haurien guanyat l'aposta! Aquells cinc homes ja no es recordaven de les cartes, no... Ara només comptaven els segons...

Al quarantè segon, no res. Al cinquantè, no res encara! Al cinquanta-cinquè es va sentir al defora com el retruny d'un tro, fet d'aplaudiments, hurres i fins alguna maledicció.

Els cinc col·legues es van posar drets.

Al cinquanta-setè segon, la porta del saló es va obrir, i l'agulla del rellotge no assenyalava encara el seixantè segon quan va aparèixer Phileas Fogg, seguit per una gentada boja d'alegria, que havia forçat l'entrada del club.

—Senyors —va dir el *gentleman* amb la seva veu tranquil·la—, aquí em teniu.

Capítol XXVII

I què en treu Phileas Fogg, de fer la volta al món, si no és la felicitat?

Sí! Era Phileas Fogg en persona!

Per tal d'explicar com havia anat aquest gir inesperat dels esdeveniments, cal recordar que, a les vuit i cinc d'aquell vespre del 21 de desembre, Passepartout havia rebut l'ordre de córrer a avisar el reverend Samuel Wilson a fi d'emparaular un cert casament per a l'endemà.

Passepartout, ja ho sabem, hi havia anat d'allò més content. Un cop a casa del reverend, va haver d'esperar vint minuts ben llargs abans no va poder parlar-hi. I a les vuit i trenta-cinc, en sortir d'aquella casa, estava tan transformat que espantava de veure. Amb els cabells esbullats, sense barret, corria com una tromba per les voreres i atropellava els vianants.

En tres minuts havia arribat a Saville Row i queia, sense alè, als peus del senyor Fogg.

—Què passa? —va preguntar el *gentleman*.

—Senyor... —va balbucejar Passepartout—, casament... impossible...

—Impossible?

—Impossible... per demà.

—I per què?

—Perquè demà és diumenge!

—Dilluns —va corregir-lo el senyor Fogg.

—No, avui és dissabte!

—Dissabte? No pot ser!

—Sí, sí, sí! —va exclamar Passepartout—. Us heu equivocat d'un dia. Hem arribat amb vint-i-quatre hores d'anticipació... Però només us queden deu minuts!

El criat havia agafat l'amo pel coll de la camisa i l'arrossegava amb una força imparable. Phileas Fogg, sense temps per reflexionar, el va deixar fer i al moment va trobar-se al carrer, va parar un cotxe de punt, va prometre cent lliures al cotxer i, després d'esclafar dos gossos i de topar amb cinc carruatges, va arribar al Reform Club.

El rellotge assenyalava les vuit i quaranta-cinc minuts quan va aparèixer triomfalment al gran saló.

Phileas Fogg havia fet la volta al món en vuitanta dies!

Phileas Fogg havia guanyat l'aposta de vint mil lliures!

Però, com pot ser que un home tan exacte i meticulós hagués comès aquell error d'un dia? Heus aquí l'explicació...

La Terra és dividida en vint-i-quatre fusos horaris traçats a partir del meridià zero, que és el que passa per Londres. Si, a partir d'aquest meridià, viatgem cap a l'est, guanyem una hora per cada fus horari que franquegem. Ben al contrari, si viatgem cap a l'oest, en perdem una per cada fus. Així doncs, en fer la volta al món anant cap a l'est, i després d'haver travessat vint-i-quatre fusos horaris, Phileas Fogg havia guanyat vint-i-quatre hores, un dia sencer, sense sospitar-ho!

Havia guanyat un dia i també les vint mil lliures de l'aposta. Però, com que n'havia gastades unes dinou mil en el viatge, n'havia tret un benefici econòmic més aviat escàs. Tanmateix, ja hem dit que allò que buscava l'excèntric *gentleman* era la voluntat de superació i la salvaguarda de l'honor, no pas enriquir-se. De fet, cal remarcar que, les mil lliures de benefici, les va repartir entre l'honest Passepartout i el malaurat Fix, al qual era incapaç de desitjar cap mal. Això sí, va descomptar al seu criat l'import de les mil nou-centes vint hores de gas que havia consumit el llum de la seva cambra.

Certament, Phileas Fogg havia realitzat la proesa de fer la volta al món en vuitanta dies. Havia emprat tota mena de mitjans de transport: vaixells de vapor i de vela, trens, cotxes, un trineu i, fins i tot, un elefant; i havia esmerçat en aquella aventura les seves meravelloses qualitats de sang freda i d'exactitud. Però, i després? Què n'havia tret d'aquella òrbita al voltant del globus terrestre?

Res, potser? Res, d'acord..., llevat d'una dona encisadora amb qui es va casar el dilluns 23 de desembre, i d'un padrí de boda excepcional, un francès de bon cor, un home fidel i coratjós com n'hi ha pocs.

Ben mirat, no faríem per menys d'això la volta al món?

FI

APÈNDIX

RUTA SEGUIDA PER FER LA VOLTA AL MÓN
(2 d'octubre - 21 de desembre, 1872)
AMÈRICA
GRAN BRETANYA
Glasgow
IRLANDA
Dublin
Queenstown
Le Havre
París
Bordeus
Banc de Terranova
Ll. Michigan
Medicine Bow
Chicago
Omaha
Gran Llac Salat
San Francisco
Nova York
ESTATS UNITS DEL NORD
Tròpic de Càncer
MÈXIC
OCEÀ ATLÀNTIC
Equador
OCEÀ PACÍFIC
BRASIL
PERÚ
Tròpic de Capricorn
XILE
Amb ferrocarril
Amb vaixell
Amb elefant
Amb trineu
L'Imperi britànic el 1872
1 Dover
2 Calais
3 Kholby
4 Allahābād
5 Benarés
6 Fort Sanders
7 Fort McPherson
8 Plum Creek
9 Fort Kearney
10 Liverpool

ÀSIA
Yokohama
JAPÓ
Xangai
Badia de Tòquio
OCEÀ
PACÍFIC
al de Suez
XINA
Hong Kong
Formosa
Tròpic de Càncer
3
4 5
Bombai
ÍNDIA
Calcuta
Estret
de Formosa
Golf de
Bengala
MAR
DE LA
XINA
Aden
MAR
D'ARÀBIA
Estret de
Bāb al-Mandab
Illes Andaman
Península
de Malacca
Estret
de Malacca
Singapur
Equador
Sumatra
OCEÀ
ÍNDIC
OCEANIA
Tròpic de Capricorn

Guia de lectura i Propostes de treball

Guia de lectura

I. Sembla que Phileas Fogg i Passepartout es convenen l'un a l'altre

1. El títol del primer capítol ja ens indica que l'autor intenta aconseguir l'interès del lector. Aquest voldrà arribar a saber per què amo i criat posseeixen aquest caràcter complementari. El lector sí que s'assabentarà que, almenys d'entrada, la feliç convivència de tots dos personatges s'anticipa en el valor significatiu del cognom mateix del criat, *Passepartout*, és a dir, 'comodí'. Enllaçant amb el que acabem de dir, com justifica el criat el seu sobrenom? (pàg. 50)

2. Per què prescindeix Phileas Fogg dels serveis del seu anterior criat? (pàg. 48)

3. Com és físicament (*prosopografia*) i de comportament (*etopeia*) el protagonista? (pàg. 47-52)

4. Quins trets del caràcter del criat francès s'oposen a aquesta fredor britànica de Fogg? (pàg. 51)

II. Phileas Fogg s'engresca en una conversa que podria costar-li cara

5. El narrador continua alimentant el misteri entorn de Phileas Fogg i ens ofereix un esquema, també mecànic, del seu dia a dia. Tanmateix, en el seu hàbit diari de jugar al *whist* amb els cinc col·legues del Reform Club, conversen, entre altres coses, sobre un tema que constituirà un factor fonamental, al costat del principal *leitmotiv* del viatge al voltant del món: el robatori del Banc d'Anglaterra esdevingut feia tres dies. Aquest fenomen del furt tindrà importància en el desenvolupament del viatge. Quin paper creus que fa el suposat article del diari *Morning Chronicle* en el viatge de Fogg?

6. Segons l'aposta signada, quina és la data de sortida i quina la de retorn? (pàg. 57)

III. PRIMER, PASSEPARTOUT I, DESPRÉS, LA GRAN BRETANYA PATEIXEN UNA COMMOCIÓ

7. Passepartout se sorprèn i es commociona per l'anunci del viatge que sent de boca del seu amo. Hi ha alguna cosa que, almenys, l'animi? (pàg. 59)

8. El caràcter fred, aquella mena d'avarícia emocional de Fogg, es veu curiosament adornada amb un bell acte de generositat. Quin? (pàg. 60)

9. Com rep l'opinió pública l'aventura del *gentleman* anglès? (pàg. 62-63)

10. Per quin motiu la policia passa de considerar Fogg un *gentleman* a perseguir-lo com a un lladre? (pàg. 64)

IV. A SUEZ CONEIXEM UN DETECTIU D'ALLÒ MÉS IMPACIENT

11. Fix espera a Suez l'arribada del «presumpte» lladre del Banc d'Anglaterra. Quin retrat ens proporciona el narrador del detectiu de la policia? (pàg. 67)

12. El trajecte entre Londres i Suez (via París-Torí-Bríndisi amb tren i Bríndisi-Suez amb vaixell) és perfecte i no es produeix cap contratemps. Quant dura aquest trajecte? (pàg. 69)

13. ¿Coincideixen aquestes dades temporals amb les que figuraven a l'article del *Morning Chronicle* que apareixia al capítol II?

V. PASSEPARTOUT XERRA UNA MICA MASSA, PERÒ EL VIATGE SEGUEIX EL SEU CURS

14. Diu el narrador, molt irònicament, després que Fix ha estirat la llengua a Passepartout i sap tot el que ha succeït en els inicis de l'aventura, que, en la navegació del *Mongolia* pel mar Roig, cada vespre els passatgers podien gaudir amb música i ball, «sempre que la mar Roja ho permetés». Per què se suspèn aquest ambient festiu? (pàg. 74)

15. Resumeix per dates l'itinerari entre l'estret de Bab al-Mandab i Bombai (pàg. 75-76).

VI. PASSEPARTOUT PERD LES SABATES, PERÒ SURT AIRÓS D'UN MAL PAS

16. Tenim els aventurers a Bombai. Fogg, com sempre, no gaudeix de l'ambient de la ciutat, però Passepartout el viu intensament i el venç la temptació d'entrar al temple de Walkeshwar, dedicat al déu destructor Xiva, situat al turó de Malabar Hill. S'oblida de les normes de visita: treure's les sabates, almenys, en cas que la visita estigués permesa als cristians... Quina reacció es produeix en Passepartout quan veu que l'assetgen els tres sacerdots enfurismats? (pàg. 82)

17. Com és rebut el criat per Fix i pel seu amo Fogg quan, després del contratemps del temple, arriba tot just cinc minuts abans no surti el tren, descalç, sense barret i sense la roba que havia comprat? (pàg. 82)

VII. Phileas Fogg compra una muntura a un preu exorbitant

18. En el trajecte amb tren se'ls afegeix el brigadier Francis Cromarty, que havia compartit el joc de *whist* amb Fogg durant la travessia de Suez a Bombai. Per cert, aquest alt comandament militar (equivalent a general de brigada a l'exèrcit espanyol) s'estranya que Fogg no li hagi fet cap pregunta sobre l'Índia, país que el militar coneix molt bé. Fins i tot dubta de la sensibilitat del *gentleman*. Com aconsegueix el narrador descobrir-nos els pensaments de Cromarty sobre el *gentleman*? (pàg. 83-84)

19. Quan arriben a Kohlby, a les vuit del matí del dia 22, què se li acudeix al criat, després d'haver buscat infructuosament qualsevol mitjà de transport? (pàg. 87-88)

VIII. Al cor de la selva, els viatgers ensopeguen amb una deessa espantosa

20. Ens trobem ja en el segon dia de viatge en elefant, després d'un primer dia sense ensurts. Quin esdeveniment observen, amagats darrere una espessa arbreda? (pàg. 92-93)

21. Amb tota la seva flegma, com veu el cavaller Fogg aquest ritual autòcton? (pàg. 93)

22. Heus aquí una segona prova de la generositat de Phileas Fogg després d'uns quants dies d'aventures. Vol rescatar la vídua del rajà d'una mort segura. El brigadier s'estranya de la seva conducta. Què pregunta al *gentleman*? (pàg. 94)

IX. PASSEPARTOUT DEMOSTRA QUE LA FORTUNA SOMRIU ALS AUDAÇOS

23. Sir Francis i Passepartout canvien la seva valoració respecte a la persona de Fogg, sobretot el primer, arran d'aquest detall de profund altruisme. El guia de l'elefant els explica la història de la dona, parsi com ell, i sabem que es diu Aouda i que és filla d'uns rics comerciants de Bombai, òrfena i portada al matrimoni gairebé segur en contra de la seva voluntat. Què se'ls acudeix fer per rescatar la bella dona del temple de Pillaji? (pàg. 96-97)

24. Com duen a terme l'alliberament? (pàg. 99-100)

X. PHILEAS FOGG BAIXA LA VALL ADMIRABLE DEL GANGES SENSE DEMOSTRAR GOTA DE CURIOSITAT

25. Ja són a Allahabad, una ciutat del nord, considerada pel narrador l'Oxford de l'Índia per la seva prestigiosa universitat. Allà agafen el tren que els durà a Calcuta, on arriben cap a les set del matí del dia 25. En aquesta ciutat agafaran un vapor amb destinació a Hong Kong el migdia del 25 d'octubre. Què preocupa els tres viatgers quan arriben a Allahabad, la ciutat de Déu? (pàg. 103-104)

26. Ara assistim a un tercer acte de generositat per part del senyor Fogg. Quin? (pàg. 104)

27. Arriben a Benarés, la ciutat sagrada a la vora del Ganges, i sir Francis Cromarty s'acomiada d'ells. Quins consells dóna el brigadier a Fogg? (pàg. 105)

XI. La bossa dels diners s'alleugera d'uns quants milers de lliures més

28. A Calcuta els detenen, cosa que provoca una aturada d'aproximadament cinc hores. Qui pensaven Fogg i Passepartout que eren els tres demandants que havien provocat la detenció? (pàg. 109-111)

29. Com és que un incident, ja oblidat pels protagonistes, es converteix en la causa de la detenció? (pàg. 111-112)

30. De quina manera sap escapar Fogg per lliurar-se dels arrestos? (pàg. 112-114)

XII. Fix fa veure que no sap res del que li conta Passepartout

31. Fix maquina com detenir Fogg a Hong Kong, territori britànic. Així doncs, intenta endarrerir la continuació de l'aventura viatgera i troba una bona basa en la persona d'Aouda, que podria afegir arguments a la inculpació segura del senyor Fogg com a lladre. Què pensa Fix que pot constituir la presència d'Aouda? (pàg. 118)

32. Fix intenta indagar l'afer per reforçar el seu objectiu: inculpar, sigui com sigui, Fogg. Què fa? (pàg. 119)

XIII. Camí de Hong Kong, Passepartout i Fix desconfien l'un de l'altre

33. La presència tan continuada de Fix inquieta Passepartout. Quins pensaments li passen pel cap al francès? (pàg. 120)

34. Tenim els protagonistes a Singapur, on arriben el 31 d'octubre. El narrador ens relata un fet curiós: l'existència de tigres a l'illa. Com explica la presència d'aquests felins? (pàg. 121)

35. Arriben a Hong Kong el 6 de novembre, amb un dia de retard per agafar el *Carnatic* amb destinació a Yokohama. Què fa Fogg davant d'aquest contratemps tan greu? De què s'assabenta, afortunadament? (pàg. 125)

36. Què fa Fogg, mentre esperen a Hong Kong? A on va? Què descobreix? (pàg. 125-126)

37. La jove queda contrariada quan li falla el suport del parent en qui, si bé tímidament, havia confiat, i pregunta a Fogg què farà ella ara. Què li respon ell? (pàg. 126)

XIV. Passepartout i Fix tenen un estira-i-arronsa que potser portarà conseqüències

38. Passepartout passeja per l'esplèndid i vistós port de Hong Kong, i atrau la seva atenció el fet que alguns ancians ja venerables van vestits de groc. Per què llueixen aquella roba? (pàg. 128)

39. En aquesta passejada, i després d'afaitar-se en una barberia, Passepartout ensopega amb Fix, que està nerviós. Per què? (pàg. 128)

40. Davant de la ruïna de la seva feina, què decideix el detectiu? (pàg. 130-132)

41. Passepartout i Fix entren en un tuguri. ¿Aprecia el narrador positivament l'ambient d'aquells parroquians? (pàg. 130-131)

42. El policia Fix intenta subornar el francès, que queda totalment pertorbat pel que li sent dir. Com intenta el suborn? (pàg. 132)

43. Finalment, davant la negativa de Passepartout, Fix s'adona que l'últim recurs que li queda és allunyar-lo de Phileas Fogg. Com ho fa? (pàg. 133)

XV. PHILEAS FOGG I EL DETECTIU FIX PER FI ES CONEIXEN PERSONALMENT I EMPRENEN PLEGATS UNA AVENTURA MARÍTIMA

Fogg i Aouda van al port, però no troben Passepartout enlloc, i el *Carnatic* ja ha salpat de Hong Kong. Però sí que troben i coneixeran personalment el detectiu.

44. Com s'ho fa Fogg per prosseguir l'aventura cap a Yokohama? (pàg. 135-136)

45. Bunsby li proposa no recórrer mil sis-centes milles (2.963 km), però sí les vuit-centes milles fins a Xangai i allà pujar al *General Grant*, que inicia la travessia en aquella ciutat i fa una escala intermèdia a Yokohama. Però hi ha una absència notable. Quina? Què decideix fer Fogg abans d'embarcar? (pàg. 136-138)

46. Després d'una segona meitat de travessia amb dificultats, incloenthi un tifó, arriben a Xangai; encara han de recórrer tres milles i ja són les 19 hores, hora de salpar del *General Grant*. Què fan? (pàg. 140)

XVI. PASSEPARTOUT S'ADONA QUE, FINS I TOT ALS ANTÍPODES, ÉS PRUDENT DE DUR ALGUNS DINERS A LA BUTXACA

L'acció es bifurca i el narrador passa a centrar-se en Passepartout, a qui, després del que ha succeït a l'horrible fumador amb Fix, trobem al *Carnatic*.

47. Com se sent el francès? (pàg. 142)

48. Ja a Yokohama, té gana, però no disposa de diners. Què li passa per la imaginació? (pàg. 144)

49. On s'enrola per guanyar-se la vida i, alhora, poder dirigir-se a San Francisco? (pàg. 146)

50. Què passa en una actuació dels nassuts del déu Tengu? (pàg. 147-148)

XVII. LA TRAVESSIA DEL PACÍFIC

51. Què és el primer que fa Fogg quan arriba a Yokohama, després d'haver embarcat ja a mar obert al *General Grant*, el vaixell que havia salpat de Xangai amb destinació San Francisco i escala a Yokohama? (pàg. 149-150)

52. Què havia fet Fix en arribar a Yokohama? I què decideix fer? (pàg. 151)

53. Què passa quan Passepartout veu Fix a la coberta del vaixell? (pàg. 152)

XVIII. CONEIXEM SAN FRANCISCO UN DIA DE MÍTING

Ja som a San Francisco.

54. Com és el moll on desembarquen? (pàg. 154)

55. Mentre passeja per la ciutat, què preocupa a Passepartout? (pàg. 156)

56. Què passa enmig del fragor d'una multitud agitada en què els tres visitants es veuen immersos, pensant que es tracta d'un míting important? (pàg. 158)

57. A què es devia aquella manifestació multitudinària, que els tres van confondre amb un míting, com per exemple l'elecció d'un governador de l'estat? (pàg. 160)

XIX. CAP AL COR DELS ESTATS UNITS

Els aventurers es disposen a travessar els estats de Califòrnia, Nevada, Utah, Wyoming i Nebraska.

58. En el viatge en l'*Ocean to ocean*, de San Francisco a Nova York, tenen un gran contratemps. Quin? (pàg. 163)

59. A l'estat de Wyoming pateixen un altre gran revés, mentre creuen la serralada de les muntanyes Rocalloses. De què es tracta? (pàg. 166)

60. Com passen aquest pont? S'esfondra? (pàg. 167-168)

XX. ELS NOSTRES VIATGERS NO TENEN ALTRE REMEI QUE ESTRENAR ELS REVÒLVERS

Ens trobem davant d'un capítol amb moltíssima acció.

61. Com maten el temps Phileas Fogg i els seus acompanyants? (pàg. 169)

62. Proctor i Fogg es troben i es desafien a un duel. Quan tots dos hi van apadrinats per iniciar el desafiament, hi ha un gran enrenou entre els passatgers i se senten trets. Què està passant? (pàg. 173-174)

63. El comboi avança a tota velocitat i sense cap control, després que els sioux han deixat inconscients el maquinista i el fogoner. Com reacciona Passepartout? (pàg. 176)

XXI. PHILEAS FOGG COMPLEIX EL SEU DEURE, NI MÉS NI MENYS

64. Després de la «batalla» entre els passatgers i els sioux, es nota l'absència de Passepartout, que precisament ha salvat els passatgers. Què decideix Fogg davant d'aquesta desaparició? (pàg. 178)

65. El maquinista i el fogoner recuperen la consciència a la locomotora que havia seguit avançant sola. Quin acte de generositat emprenen? (pàg. 180)

XXII. ELS NOSTRES VIATGERS NAVEGUEN A VELA PER UNA MAR BLANCA

66. Després de la recuperació dels presoners, el retard acumulat respecte als plans de Fogg era de vint hores. Com pensen superar les dues-centes milles que els separen d'Omaha (Nebraska)? (pàg. 185)

67. Ja a Chicago, travessen en tren, a bona marxa, les nou-centes milles que els separen de Nova York. Quins territoris recorren entre Chicago i Nova York? (pàg. 190)

68. Quin nou contratemps es troben quan arriben a Nova York? (pàg. 190)

XXIII. Phileas Fogg emprèn una lluita directa contra la mala sort

69. Com era el vapor *Henrietta*, d'Andrew Speedy, que Fogg contracta als molls del Hudson? (pàg. 192)

70. Què se li acut a Fogg per poder avançar més ràpidament? (pàg. 195)

71. Fogg assoleix el seu objectiu d'aconseguir energia per poder arribar a Liverpool comprant tota la fusta del vaixell a un preu elevadíssim. Com a conseqüència d'això, quin aspecte adquireix l'*Henrietta*, desproveït de totes les parts de fusta? (pàg. 199)

72. Davant la urgència d'arribar a Londres en un ajustadíssim termini de vint-i-quatre hores, resulta que ja no els queda fusta per alimentar les calderes. Què decideix Fogg? (pàg. 200)

73. Arriben a Liverpool i, de nou, s'esdevé un fet inesperat. Què? (pàg. 200)

XXIV. Malgrat tot, aquest home no perd la calma!

74. Després d'un parell d'hores de tensa espera, s'obre la porta del calabós. Què passa? (pàg. 204)

75. Però, és clar, l'heroi es troba amb un altre obstacle per enèsima vegada: perd l'últim exprés. Què se li acudeix al *gentleman*? (pàg. 204)

XXV. PASSEPARTOUT NO ES FA REPETIR DUES VEGADES LA MATEIXA ORDRE

76. El misteri continua: com que arriben a Londres amb un retard de cinc minuts respecte a l'hora pactada en l'aposta (eren les 20.50 h), es tanquen a casa; ningú no sap res del *gentleman*. Què els passa pel cap a Aouda i a Passepartout? (pàg. 206)

77. En aquest capítol es revela aquell aspecte desconegut del caràcter fred i impertorbable de Fogg: la seva sinceritat en reconèixer el fracàs, com també el fons de persona que, almenys, posseeix un caliu de sentiments. De tota manera, qui s'avança a «oferir-se» en aquella relació amorosa que ara aflora a la superfície i es fa explícita? (pàg. 208)

78. Com descriu el narrador aquest moment de confirmació de l'atracció sentimental entre Aouda i Fogg? (pàg. 208-210)

XXVI. LA GRAN BRETANYA TORNA A PATIR UNA COMMOCIÓ

79. Per què Phileas Fogg torna a ser notícia en l'opinió pública anglesa, fins al punt que s'incrementen les apostes a favor seu, com si es tractés d'una cursa de cavalls? (pàg. 211)

80. Verne aconsegueix crear una esfera de misteri entorn de l'arribada o no de Fogg. Els seus cinc col·legues del Club fan càbales sobre si arribarà o no a temps. Cita tres exemples que indiquin aquest aire misteriós en la narració. (pàg. 212-213)

XXVII. I QUÈ EN TREU PHILEAS FOGG, DE FER LA VOLTA AL MÓN, SI NO ÉS LA FELICITAT?

81. Com s'assabenten que l'hora que ells tenien al cap no era la correcta? (pàg. 216-217)

82. Explica per què Fogg no era conscient que en el seu periple havia guanyat vint-i-quatre hores (pàg. 217).

Propostes de treball

I. Comprensió global

Activitat 1: L'espai i l'acció

Vuitanta dies per fer un viatge tan interessant donen per a molt. Des del 2 d'octubre de 1872 fins al 21 de desembre del mateix any, els nostres protagonistes s'enfronten amb nombroses contrarietats i bonances, fins a arribar a un final feliç amb molt suspens, que ha anat *in crescendo* a mesura que el viatge progressava.

Amb la finalitat d'assimilar aquest reconeixement dels llocs, et proposem una activitat de relació. De manera desordenada, s'exposa un breu resum de l'aventura viatgera. Has de situar cada fragment a l'espai adequat de la taula que et proposem més avall, on es fa constar el capítol del llibre i el lloc on s'esdevé. Pots consultar l'apartat de la introducció del llibre titulat «Estructura»:

a) Passepartout suplanta el difunt rajà i, amb un fortíssim terrabastall, fuig amb Aouda als braços a través d'una multitud prostrada de genolls davant del misteriós esdeveniment que estaven presenciant.

b) Al mateix compartiment viatjava el general sir Francis Cromarty, que havia jugat al *whist* amb Phileas Fogg en la travessia de Suez a Bombai.

c) L'endemà al matí, Aouda, Fogg i Fix es troben que, sense que Passepartout els avisés, el *Carnatic* havia salpat el dia abans al vespre.

d) Passepartout s'havia quedat «passejant i badant pels molls». Es troba amb Fix, a qui confessa ingènuament tot el que sap del seu amo.

El detectiu envia el telegrama a Londres i s'embarca en el *Mongolia*.

e) Som al matí del dia 9 de desembre. Fix proposa a Phileas Fogg el trineu de vela per portar-los a Omaha.

f) A les 20.05 hores del 21 de desembre, Passepartout havia anat a emparaular el casament a casa del reverend Samuel Wilson.

g) A Calcuta els deté un policia i a les 8.30 hores els traslladen a la sala d'audiència del jutge Obadiah.

h) El 30 d'octubre enfilen l'estret de Malacca. El 31 el *Rangoon* entra al mar de la Xina (ja a l'oceà Pacífic).

i) El 23 de novembre, després de nou dies de viatge des de Yokohama, creuen el meridià 180, als antípodes del meridià 0 de Greenwich.

j) Fogg, en arribar del consolat anglès a Suez, «es va tancar a la seva cabina i va escriure unes anotacions en el quadern de viatge on consignava les hores de sortida i arribada de cada mitjà de transport que anava agafant, i el temps que invertia en cada etapa».

	CAPÍTOL	PAÍS					
		Anglaterra	Egipte	Índia	Xina	Japó	EUA
a)							
b)							
c)							
d)							
e)							
f)							
g)							
h)							
i)							
j)							

ACTIVITAT 2: PERSONATGES

Heus aquí una brevíssima caracterització dels quatre personatges principals de la novel·la. Intenta identificar-los, tenint en compte els trets de cadascun que es donen a continuació, i escriu-ne els noms en el teu quadern.

PERSONATGE	CARACTERITZACIÓ
	Ulls límpids com els llacs sagrats de l'Himàlaia.
	Homenet prim i de rostre astut com el d'una guineu.
	Alt i de bigotis rossos. Persona matemàticament exacta, que camina de forma reposada com un pèndol.
	Bon noi, d'ulls vius i francs que ho miraven tot amb curiositat, sempre disposat a ajudar.

ACTIVITAT 3: TORNEM A DONAR VOLTES A L'ESPAI DE LES AVENTURES

3.1. Opció TIC

En la fitxa de la pàgina següent, hi ha una llista de ciutats i estats. Amb l'ajuda d'un cercador d'Internet, accedeix a la informació que et demanem a continuació i elabora una taula: *país al quan pertany*, *dos monuments significatius*, *població actual* i *principal riquesa*.

Pots fer una presentació de les imatges que recullis de cada una de les ciutats i estats dels Estats Units (dels monuments, per exemple) i presentar-les en diapositives amb el programa PowerPoint o bé OpenOffice, juntament amb les altres dades que es demanen. (Els estats apareixen en cursiva a la llista.)

Adén	Allahabab	Benarés	Bombai
Bríndisi	Calais	Calcuta	Chicago
Dover	Dublín	Hong Kong	*Illinois*
Indiana	*Iowa*	Le Havre	Liverpool
Londres	*Nebraska*	*Nova Jersey*	Nova York
Ohio	Omaha	París	*Pennsilvània*
Queenstown	San Francisco	Xangai	Singapur
Suez	*Utah*	*Wyoming*	Yokohama

3.2. Opció mural

En les activitats anteriors heu hagut d'informar-vos molt bé sobre la gran quantitat de ciutats i països recorreguts. Ara el que heu de fer és un gran mapa on apareguin, almenys, els països, amb només algunes de les ciutats importants que acabeu de descriure. Podeu penjar el gran mural en una de les parets de la classe, per poder veure espacialment el que acabeu de fer en l'activitat anterior.

Per dur a terme aquesta activitat, els alumnes s'hauran d'agrupar en grups de quatre o cinc, i cada grup triarà, per exemple, un dels quatre continents que apareixen a l'obra: Europa, Àfrica, Àsia i Amèrica.

ACTIVITAT 4: FETS INVERSEMBLANTS

El viatge de Phileas Fogg i els seus acompanyants és un viatge que, malgrat la realitat geogràfica dels indrets que recorren, també està adobat amb una gran quantitat de dades fantàstiques o clarament inversemblants, és a dir, allunyades de la possibilitat que es puguin considerar reals. Per exemple, quan travessen les muntanyes Rocalloses, a l'estat de Wyoming, i troben un pont en mal estat. Passar aquell pont sense que el comboi caigui al riu sembla un fet més que miraculós. Assenyala tres altres casos de la novel·la que et semblin totalment allunyats de la possibilitat que es puguin produir en la realitat.

II. Expressió escrita

Activitat 5: El «fumador» de Hong Kong

Fix intenta allargar l'estada de Phileas Fogg a Hong Kong i considera que l'hi pot ajudar explicar l'objectiu de la seva missió a Passepartout perquè, mentrestant, pugui arribar des de Londres l'ordre de detenció del *gentleman*. Entren en una taverna en la qual, a més d'alcohol, es ven i es consumeix droga. Tots dos s'adonen que han entrat en «un fumador, un parany per a aquelles criatures idiotitzades a les quals la Gran Bretanya ven, sense cap mena d'escrúpol i amb beneficis milionaris, la droga funesta anomenada opi» (capítol xiv, pàgines 130-131). Es parla, també, de «fum deplorable» (pàgina 131).

A partir d'aquestes idees, escriu una llista d'accions que duries a terme per evitar el consum de drogues: explica els danys físics i psíquics que provoquen, denunciar els beneficis econòmics que aporten, plantejar-ne la legalització... Quan hagis enfilat un seguit d'idees per mitjà d'aquesta llista, redacta un text, d'aproximadament unes tres-centes paraules, exposant aquestes accions.

Activitat 6: Document de detenció de Phileas Fogg

En la pàgina 64 del capítol III se'ns reprodueix el telegrama que va rebre el 9 d'octubre el cap de policia de Londres, on se sol·licitava l'ordre de detenció de Fogg:

> Suez a Londres. Persegueixo lladre de banc, Phileas Fogg. Envieu amb urgència ordre d'arrest a Bombai (Índia anglesa).
>
> Detectiu Fix

Escriu una carta a la màxima autoritat policial anglesa en què desmuntis, de manera raonada, tota aquesta suspicàcia sobre la relació de Fogg amb el lladre de Banc d'Anglaterra. Has de rebatre completament la convicció de Fix que el *gentleman* és el lladre.

Activitat 7: Viatjar

T'hauràs adonat que, per sota de l'objectiu que persegueix Fogg (el fet de guanyar una aposta), els lectors descobreixen alguna cosa més profunda: el pur plaer de viatjar. Gràcies a aquest plaer —que el protagonista sembla no sentir—, el lector es troba amb una veritable font de coneixements sobre els indrets i països visitats, com també sobre la diversitat cultural i la navegació.

Escriu un text expositiu, d'aproximadament unes dues-centes paraules, indicant els beneficis que comporta viatjar. Procura posar-li un títol que sigui significatiu.

ACTIVITAT 8: ELS VAIXELLS UTILITZATS

Com saps molt bé, el vaixell ha estat el mitjà de transport més utilitzat al llarg de tota la novel·la, cosa que ens revela no tan sols l'exigència natural dels viatgers, que la majoria de vegades han de travessar el mar, sinó la passió que Jules Verne sentia per la vida marítima i aquest mitjà de locomoció.

Aquí tens els noms dels vaixells utilitzats i els trajectes que feia cadascun. Associa'ls.

	Nova York - Queenstown
Rangoon	Bríndisi - Suez
China	Yokohama - San Francisco
Tankadère	Calcuta - Hong Kong
Carnatic	Hong Kong - Yokohama
Mongolia	Hong Kong - Xangai
Henrietta	Nova York - Liverpool
General Grant	

ACTIVITAT 9: FES UN PETIT DICCIONARI

Fixa't en el següent fragment de text que apareix en el capítol XV, a la pàgina 137:

La *Tankadère*, de pavelló anglès, era una **goleta** petita i lleugera, [...] més aviat semblava un iot destinat a competir en **regates**. Eren les tres i deu de la tarda quan els nostres viatgers **van fer-se a la mar**.

Tenien per endavant una navegació de vuit-centes **milles** [...]. Però el patró John Bunsby i els seus quatre mariners eren homes audaços i coneixien aquelles aigües admirablement.

—Veig que no cal que insisteixi a demanar-vos la velocitat més gran possible —va dir el senyor Fogg al patró quan va veure amb quin aire decidit, amb tot el **velam** desplegat, **solcava** les ones la *Tankadère*.

—Podeu confiar en mi —va respondre el patró.

I sí que hi podia confiar. Els dos primers dies, la goleta va mantenir un ritme exemplar. La **tripulació**, esperonada per la prima de dues-centes lliures, estava pendent en tot moment de la tensió de les **veles** i l'**eixàrcia**, a fi d'obtenir el màxim rendiment de l'empenta del vent.

Com veus, hem subratllat un seguit de paraules i una expressió, totes referents a la vida marinera; de moltes és possible que ja en coneguis el significat. A mesura que vagis llegint el llibre individualment o en veu alta a classe, anota al quadern, capítol a capítol, totes les paraules i expressions que es refereixin a la vida del mar: navegació, parts de l'estructura d'un vaixell, fenòmens meteorològics que es poden produir al mar, etc. Així, quan acabeu la lectura del llibre, tindreu un petit diccionari de termes del món del mar. Podeu consultar un diccionari per definir cadascun dels vocables.

ACTIVITAT 10: FES UNA DESCRIPCIÓ IMITANT JULES VERNE

Allò que crida més l'atenció de la nostra novel·la, després de l'espectacularitat de l'acció i l'exposició a difícils aventures que cal superar, és la gran abundància de precioses descripcions dels paisatges i ambients que anem observant. T'oferim un recordatori de les descripcions més dignes de ser destacades de les diferents ciutats i llocs per on passen els protagonistes:

- La ciutat de Suez (capítol IV, pàg. 67).
- Bombai (capítol VI, pàg. 79-80).
- Recorregut Bombai - Calcuta (capítol VII, pàg. 84-85).
- Llogaret de Kholby - Allahabad: serralada de Vindhya (capítol VIII, pàg. 89-90; lloc del *sutty*: capítol VIII, pàg. 92-93).
- Calcuta - Hong Kong, golf de Bengala (capítol XII, pàg. 116).
- Illa de Singapur (capítol XIII, pàg. 121).
- Hong Kong (capítol XIV, pàg. 127).
- Yokohama (capítol XVI, pàg. 143-144).
- San Francisco (capítol XVIII, pàg. 155).
- Sierra Nevada (capítol XIX, pàg. 162-163).
- Recorregut en trineu Fort Kearney - Omaha (capítol XXII, pàg. 186).

Ara fes una descripció (d'unes dues-centes paraules, aproximadament) sobre una de les ciutats que coneguis millor, intentant imitar tant com sigui possible l'estil de Verne.

ACTIVITAT 11: FES DE GUIONISTA

Et proposem una simple activitat de reescriptura. Pensa, per un moment, que Fogg és conscient —quan estan travessant l'Atlàntic— que el temps invertit no supera el temps que s'havia formalitzat en l'aposta del Reform Club i arriben a la capital anglesa amb prou temps.

Imitant l'estil de Verne, escriu un episodi en què es reculli l'ambient que es vivia, no tan sols a la ciutat, sinó també al club mateix; hauràs d'incidir, sobretot, en el que els passava pel cap als seus cinc companys de joc i conversa que, efectivament, ja saben que han perdut l'aposta.

III. EXPRESSIÓ ORAL

ACTIVITAT 12: PROPOSTA DE COL·LOQUI

Segurament us heu adonat que la nostra novel·la i, en general, tots els *Viatges extraordinaris* de Jules Verne, ofereixen un conjunt bigarrat de personatges quant a la procedència, els seus estatus socials més diversos i tota mena de diversitats: culturals, religioses... Podem dir, per tant, que l'autor ens mostra una convivència de diverses cultures, el que anomenem *cosmopolitisme* o internacionalisme. Per exemple, ell mateix és francès; el protagonista principal, Phileas Fogg, és anglès; el seu criat és francès; Aouda és índia de naixement però de cultura totalment europea (anglesa); etcètera.

Heus aquí algunes manifestacions en boca dels personatges o del narrador mateix respecte a aquestes diversitats o comportaments atribuïts:

Ningú no ignora que el Regne Unit voldria convertir-se en l'amo d'aquest subcontinent que anomenem Índia. Però, ara com ara, i després de més d'un segle de conquestes per mitjà de les armes i la diplomàcia, el domini dels britànics no arriba més enllà de la meitat del territori. (Capítol VI, pàg. 77)

El general sir Francis Cromarty i el jove contractat per conduir l'elefant expliquen a Fogg la finalitat d'aquella estranya processó de persones: cremar viva Aouda, la jove vídua del rajà; Fogg exclama retòricament: «I nosaltres, els britànics, no hem pogut destruir un costum tan bàrbar?». (Capítol VIII, pàg. 93)

Paraules de Batulcar per referir-se a Passepartout, a Yokohama: «[...] els francesos són bons fent de pallasso». (Capítol XVI, pàg. 146)

A Yokohama, Passepartout es troba amb Fix i li clava una senyora pallissa: «De seguida es va formar una rotllana de passatgers americans, que apostaven alegrement a favor del francès». (Capítol XVII, pàg. 152)

El coronel Proctor i Passepartout estan intentant solucionar el pas del pont en mal estat amb el maquinista i el guardaagulles. El francès vol expressar alguna cosa (que el comboi passi pel pont, però sense passatgers) i el coronel li recrimina:

—[...] Sou un gallina,vós?

—Un gallina, jo? —es va picar el xicot—. Al tren ara mateix! Us demostraré que un francès pot ser tan americà com qualsevol de vosaltres! (Capítol XIX, pàg. 168)

Ara, establiu un debat sobre el problema de l'existència o no de diferències culturals entre els diversos països i la seva incidència en el caràcter i la manera de ser i de comportar-se dels seus ciutadans. Comenceu exposant la vostra opinió sobre les valoracions anteriors i altres que heu llegit sobre americans, francesos, indígenes i altres pobles.

Podeu traslladar també la discussió als diferents pobles d'Espanya i valorar els coneixements o les referències sobre la diversitat que ens ha proporcionat la nostra tradició, com per exemple quan diem que els gallecs són molt ambigus (mai no confessen si pugen o baixen, van o vénen...), que els andalusos són bulliciosos i poc treballadors, que els bascos són molt reservats i de caràcter molt eixut; que els catalans són molt estalviadors...

Tingueu en compte que heu de respectar les regles del joc de qualsevol debat: demanar i respectar el torn de paraules, escoltar els companys, etcètera.

ACTIVITAT 13: LECTURA DRAMATITZADA

Segurament heu observat al llarg de la lectura que en la nostra novel·la el diàleg, sense ser el més interessant (perquè predominen les descripcions d'allò que es va presenciant en les diverses aventures), revela clarament l'habilitat de Verne en l'àgil maneig dels torns de les intervencions. Aquests diàlegs són vius i incisius, cosa que fa que atreguin l'atenció del lector i, en el cas d'aquesta activitat, de l'oient.

Dividiu la classe en uns quants grups i distribuïu els diàlegs següents (algun dels alumnes que no intervingui llegirà els apartats corresponents al narrador):

a) Capítol VIII: sir Francis Cromarty explica a Fogg i Passepartout el terrible espectacle que havia estat a punt de produir-se, el de la incineració del rajà difunt i la intenció de cremar també la seva vídua Aouda. Pàgines 93-94.

b) Capítol XIV: discussió entre Passepartout i l'inspector Fix, en què el primer pretén mantenir l'honorabilitat del seu amo, en contra de l'opinió de Fix. Pàgines 132-133.

c) Capítol XVIII: el coronel Proctor ha ventat un cop de puny a Fix, que anava destinat a Phileas Fogg. Pàgina 158.

d) Capítol XXIII: Fogg està negociant amb el capità Speedy per veure si els pot portar a Liverpool en el seu vapor *Henrietta*. Pàgines 194-195.

e) Capítol XXV: ja hem tornat al domicili de Saville Row, i Aouda i el *gentleman* Phileas Fogg estan parlant. Pàgina 208-210.

f) Capítol XXVII: diàleg entre Passepartout i el seu amo. Pàgines 216-217.

13.1. Opció en directe

Proposem organitzar una lectura expressiva d'un dels sis fragments que acabem de citar, per part de cada grup, davant dels companys de la classe. Per fer-ho heu de tenir en compte un seguit d'aspectes:

- Cal llegir i rellegir bé el fragment per no equivocar-se en la lectura. Si teniu bona memòria, fins i tot podeu intentar memoritzar el diàleg.
- Tal com dèiem abans, les intervencions del narrador les llegirà un altre company o companya que no estigui participant en la lectura dramatitzada.
- Es pot assajar algun gest que doni força i vida a les paraules.
- Us podeu caracteritzar mínimament, és a dir, portar algun objecte que simbolitzi el personatge que representeu.

- Si disposeu d'un equip de música a l'aula, podeu preparar algun fragment musical que s'adigui amb el sentit del text i utilitzar-lo com a introducció i conclusió de la dramatització.

13.2. Opció TIC

Amb l'ajuda d'un programa d'edició de vídeo, es tracta de crear una petita animació del capítol que hàgiu triat. En aquest cas, necessiteu una càmera fotogràfica digital, un micròfon connectat a l'ordinador i un programa d'edició de vídeo com pot ser, per exemple, el Windows Movie Maker, del qual disposen la majoria d'ordinadors amb sistema operatiu Windows. (Busqueu un programari lliure.)

Procediment:

1. Estudieu bé el fragment que us ha tocat preparar per entendre'l bé, captar-ne l'entonació, les pauses, etc.
2. Llegiu de forma expressiva el text i enregistreu-lo a l'ordinador amb el micròfon. N'hi hauria d'haver prou amb el gravador de so de l'ordinador.
3. Quan us sentiu satisfets de la lectura, deseu l'arxiu en una carpeta.
4. Feu diverses fotografies digitals simulant la representació del diàleg. Es poden fer plans generals per a l'inici i plans més de prop per al transcurs del diàleg. Deseu-les a la mateixa carpeta.
5. Obriu el programa d'edició de vídeo i inseriu l'arxiu o arxius de so. A continuació, inseriu-hi les imatges que s'adaptin bé al text. Finalment, poseu un títol al principi (pot ser el del capítol) i uns títols de crèdit al final.
6. Lluïment: es podria posar música de fons adequada, sobretot per acompanyar els títols.
7. Finalment, editeu el vídeo i presenteu-lo a classe davant dels companys.

IV. EXPRESSIÓ VISUAL I PLÀSTICA

ACTIVITAT 14: LA CARICATURA

Al web dedicat a Jules Verne *http://www.jverne.net/*, pots obtenir un gran nombre d'imatges sobre l'autor i la seva obra, fent clic en els apartats «Álbum fotográfico» i «Caricaturas y dibujos» de la **Galería de imágenes**. Algunes (sobretot les de les versions il·lustrades) són caricatures, un gènere que ja era molt emprat el segle XIX.

Et proposem que dibuixis una caricatura a partir de la idea que t'hagis fet d'algun dels personatges de la novel·la, de manera que en quedin clars els trets més característics.

ACTIVITAT 15: ACTIVITATS DE CINEMA

La volta al món en vuitanta dies és una novel·la de Verne que s'ha portat diverses vegades i en diferents modalitats de gènere a la gran pantalla, i també a la petita pantalla. Com hem dit al final de la introducció (pàgina 44), només tindrem en compte la versió cinematogràfica de l'any 1956.
Heus aquí un parell d'activitats sobre aquesta versió. Et proposem que vagis a la pàgina web:

http://uhu.es/cine.educacion/cineyeducacion/julioverne.htm

Hi trobaràs informació seqüenciada temporalment sobre totes les pel·lícules que s'han fet basades en les novel·les de l'autor. També hi podràs obtenir els cartells de diverses versions cinematogràfiques.

15.1. Comparació dels començaments

En aquesta activitat compararem les diferències entre el llibre i la realització fílmica, a través de l'observació d'unes quantes escenes. Mira el fragment parant una atenció especial als aspectes que et detallem més avall. En pots prendre notes, perquè després et podran servir per comentar amb els companys el que acabes de veure.

El fragment pertany al Disc 1, Títol 1, capítols 2-15; aproximadament, des del minut 5:40 fins al 55:50.

Fixa't en el que et proposem a continuació:

- Escriu una llista dels elements de la versió cinematogràfica que no han sorgit del text escrit i expressa la teva opinió d'aquestes desviacions en l'adaptació cinematogràfica.
- ¿És Phileas Fogg el *gentleman* del qual no sabem res? Com se'ns mostra això a la pel·lícula?
- Per què el realitzador de la pel·lícula utilitza tot un seguit de seqüències per mostrar-nos l'ambient de la ciutat de Londres?
- Quan al Reform Club es coneix la notícia que Phileas Fogg està volant en globus per damunt dels Alps, què n'opinen els seus sensats membres?
- Per què creus que el realitzador fa venir els protagonistes a Espanya, després de travessar la Costa Blava, i aterrar gràcies a l'habilitat de Passepartout?
- I del temps dedicat a les curses de vaquetes, de les quals Passepartout surt triomfador, què n'opines?
- Per què la càmera ens mostra amb tants detalls el que està passant al Reform Club?

15.2. Anàlisi d'una seqüència

Et proposem l'anàlisi de les seqüències que ens mostren els viatgers a San Francisco (Títol 1, capítols 33-36, aproximadament entre els minuts 05:32 i 13:18. La pel·lícula se'ns ofereix en dos DVD. Som al Disc 2.)

Si t'hi fixes, en aquella gran concentració de ciutadans que han d'elegir un jutge de pau entre dos candidats (Kamerfield i Mandiboy), veiem que Fogg arremet contra el coronel Proctor, que porta un barret de copa ampla. La seva estructura física és més aviat la d'un home prim i gens corpulent. Respon a l'agressió de Fogg amb un cop de puny que no va a parar al destí desitjat, sinó al detectiu Fix. Aquest se'ns presenta com una persona més aviat grassa, i Fogg, com un personatge gens reservat, i més aviat expansiu. Tots dos, Fix i Fogg, porten barrets com els de copa, a imitació de la policia anglesa.

Com pots apreciar, hi ha moltes diferències entre el que ens relata el llibre i el que veiem a la pantalla.

1. ¿És la figura de Fix la d'un inspector de policia «prim i de rostre astut com el d'una guineu»? Què n'opines?
2. Per què Phileas Fogg se'ns mostra com el que pren la iniciativa en el conflicte que té amb el coronel Proctor, quan teníem la idea que era un home reflexiu i gens impulsiu?¿És aquest el personatge que se'ns mostra en el relat?
3. Quines diferències detectes entre el que estem veient i el que Jules Verne ens explica en la seva obra?
4. Fixa't en la música que acompanya la seqüència. Quines sensacions intenta transmetre? Raona-ho.
5. Quin sembla ser el mòbil de l'enemistat radical que aparentment hi ha entre Phileas Fogg i el coronel?
6. Com podem explicar el fet que Aouda no tingui cap intervenció, ni gairebé no parli?
7. Aquesta societat nord-americana festiva i bulliciosa, ¿coincideix amb la que Verne ens mostra en la novel·la?

c) Torneu a veure el fragment i contesteu les preguntes del qüestionari anterior de forma individual.

d) Poseu les respostes en comú.

e) Podeu tornar a mirar el fragment que hem triat per adonar-vos de les sensacions que es perceben en captar tots els detalls del muntatge.